Frío de película, hambre de novela

María Fiorentino

Copyright 2000

Homo Sapiens Ediciones
Sarmiento 646 (2000) Rosario Santa Fe Argentina
Telefax: 0341 4243399
Email: h_sapiens@elsitio.net

Editorial (tea)
de Cursos Especiales S.A.
Perú 1472 (1141) Buenos Aires Argentina
Telefax: 011 4361 3149
Email: editorial@tea.edu

Queda hecho depósito que establece ley 11.723
ISBN: N° 950-808-276-3
Prohibida su reproducción total o parcial

Diseño de portada: Nizzmo diseño y comunicación

Foto de tapa: Silvio Zuccheri

Esta tirada se terminó de imprimir en junio del año 2000
en Talleres Gráficos D´aversa S.A.
Vicente López 318 (1878) Quilmes Buenos Aires

ÍNDICE

- PRÓLOGO 7
- AUTORRETRATOS 13
  - En blanco 15
  - María Félix 17
  - Yo soy 21
- SEÑAS PARTICULARES 25
  - Divorcio '76-Marzo 24 27
  - El ensayo 29
  - Ellas (1978) 33
  - La oficina es otra cosa 35
  - Apertura y transición 37
  - Despedida y no 41
  - Insomnio 45
  - La televisión, de algún modo 49
  - Ellas (1999) 53
  - Clase de teatro 59
- FOTOGRAFÍAS 67
  - Foto familiar 69
  - Primera fotografía de Mauro 71
  - Noviembre en Belgrado 73
  - París es como andar por Corrientes 77
  - La merilin 83
  - Otra fotografía 91
- MISIVAS 93
  - Carta uno a Miqui (1972) 95
  - Carta a Patricia, en sus dieciséis 97
  - Carta dos a Miqui (1976) 99
  - Carta a Juan Carlos Leyrado 101
  - Carta tres a Miqui (1983) 105
  - Carta a Dolina 107
  - Carta a Manuel, en ocasión de la muerte de Mariano 111

- NOMBRES PROPIOS 119
  - Emilio 121
  - Héctor 125
  - Buenos Aires 127
  - Segunda Fundación de Hugo Diz 129
  - Antonia 133
  - Ciudad de plazas 135

- EL HOMBRE, POR LLAMARLO DE ALGUNA MANERA 141
  - Breve letanía interrumpida dirigida al Shá de Pérsica 143
  - El hombre 147
  - El sueño que nos llega 151
  - El hombre, otra vez 155
  - Noche de Reyes 157
  - El hombre, otra vez de nuevo 159
  - Solos 161
  - El hombre otra vez, nuevamente, de vuelta 163
  - Señora María Juana 165
  - El hombre otra vez, nuevamente de vuelta, ahora en medio de un quilombo 167
  - Verano '89 171
  - Acá te falta un hombre 173
  - Salí al balcón, mi divina mariposa 177

- IMPRESIONES 181

- FRÍO DE PELÍCULA, HAMBRE DE NOVELA 211

PRÓLOGO

Extraigo de mi "Joyel para el bebé", las siguientes anotaciones de puño y letra de mi padre, quien se refería a mí escribiendo *"mamita"*:

> *"Se entretiene en modo especial cuando toma una revista o un libro entre sus manitas. (5 meses de edad)(...) Llevamos a mamita al cine. Apenas llegados al mismo pasaban una película de dibujos animados y le llamó poderosamente la atención; durante el resto de la función pugnaba por no dormirse para fijar su atención en la pantalla. Contaba en ese entonces 8 meses y 17 días(...)(1 año y 2 meses) La principal aptitud de mamita es el tener lápices en la mano con los cuales dibuja o 'escribe' lo que su imaginación le dicta.(...) Tiene 2 años y 3 meses y cuenta con una prodigiosa memoria. Reza el Padre Nuestro solita. El 26 de julio fallece la Sra. Eva D. de Perón y ella sola comenta: Pobe Petón, etá tiste, llora Petón. Evita fe a chelo. Linda Evita. Evita etá a chelo y ache moniga (comida) a Petón y cose a ropa. Le agrada sobremanera andar con lápices y papeles y libros, observando todo con poderosa atención. Su principal rasgo sobresaliente es su retentiva y poder memorizador"*

¿Dónde habría escuchado yo referencias a Evita? Creo que la respuesta es obvia.
¿Dónde encontraría yo a mi alcance lápices, papeles y libros? La respuesta es obvia también.
¿Habré pedido yo ir al cine a los ocho meses o aprender a leer con García Lorca y Vacarezza a los cuatro? Siguen las respuestas obvias.
Mi padre murió preguntándose a quién salía yo actriz.
Lo cierto es que escribí desde siempre y vi cine y teatro desde siempre, y aprendí a leer con la vieja colección de *Bambalinas* o *La Escena* que atesoraba mi papá.
Me aventuré escribiendo sobre sexo, sociedad y cultura en revistas varias.

Me aventuré escribiendo un espectáculo con textos propios y otros adaptados por mí, y lo representé y viajé con él a Cuba y a Los Ángeles. Soy una secretísima poeta que en una época se recitaba a sí misma. A solas, claro. Bueno, no tan secreta. Una amiga muy querida gustaba de robarme mis poemas y entregárselos dedicados a un hombre del que estaba enamorada, diciendo que los había escrito ella. El señor en cuestión era un escritor admirado por mí. Y le gustaban esos poemas. Persiste en mí una duda (el señor ha muerto y no puedo preguntárselo):
¿Le parecían realmente buenos o lo decía para conformar a mi amiga? Pero en todos los casos fui, soy y seré una mujer que escribe con la mirada de una actriz. Los actores siempre buscamos subtextos, conflictos, resoluciones. Intentamos mirar debajo de lo que se ve, de lo que se dice.
Con esta profesión de actriz me han sido deparados muchos viajes: a teatros y a canales de televisión, a Quilmes y a Cuba, a Uruguay y a Belgrado, a Dubrovnik y a Plaza de Mayo, a París y a la C.G.T. A muchos cuartos de baño, también. Y en todos los buceos que emprendí en esos viajes, el paisaje más poético, patético e imponente que hallé, fue la gente.

"Lo que recordamos, dice Kosinski, carece del borde perfilado de los hechos. El hecho recordado se convierte en ficción, en una estructura creada para albergar ciertos sentimientos."
El contenido de este libro responde a esa ley, por llamarla de algún modo.
No son relatos sino, creo, instantes atrapados en viajes exploratorios por el recuerdo.
En todos los casos, sólo tienen de ficción aquello que les confiere la ausencia del *borde perfilado*.
En todos los casos, siempre los sentimientos que me acudían al releer estos textos me remitieron a Marechal, quien gustó escribir que toda empresa humana fluctúa entre lo ridículo y lo sublime.

Mi más sincero agradecimiento:
- ✓ a todas las personas que están en estos textos, se reconozcan o no
- ✓ a todas las mujeres que con sus recuerdos, sus sabrosos relatos y su entereza frente a cualquier dolor, me ayuda-

- ron a completar los capítulos "El hombre..." e "Impresiones"
- también a todos los hombres que contribuyeron a esos recuerdos
- a todos los que me alentaron a seguir escribiendo
- a mis gatos Antonia y Caquisco, guardianes del hogar, la mejor compañía mientras escribo
- y también, además de las gracias, mi cariño a mis amigos y compañeros, esos cómplices, que son tan buena gente. Ellos saben de qué hablo cuando les agradezco; ellos saben en qué somos cómplices; ellos saben disimular mis imperfecciones y yo trato de disimular las suyas: convivimos.

*Dedico este trabajo a mi ascendencia y a la descendencia de los que amo.
Y a Rosario, mi ciudad, mi único amor inenarrable.
Al recuerdo de Oscar Viale, artista, amigo, padrino y maestro insuperable. Tus palabras de hace veinte años, sobre el significado de la tarea del escritor me ayudaron a realizar este libro y me acompañarán por siempre.
Donde quiera que estés, gracias. Sé que te alegrás de mí.*

AUTORRETRATOS

A veces en las tardes una cara
nos mira desde el fondo de un espejo.
Jorge Luis Borges

En blanco

Blanco sobre blanco. Papel blanco en la máquina expectante. Con ochenta y cinco espacios vacíos.
Un jarrón con margaritas frescas y el piso bien brillante. Penitencia. Obligación y precio necesarios.
Blanco sobre blanco.
Sin espacios vacíos para el ocio y la lágrima estéril.
Una mujer que piensa en Sartre mientras lee policiales. Que tiene a Hernández Arregui cerca de su cama. Allí, bajo la lámpara.
Que piensa en Shakespeare y su Lady Anna como quien codicia un lujo alcanzable y superfluo.
Pela cebollas bajo el chorro de agua fría. Lava acelgas. Enciende fuegos. Apaga televisores. Destapa bombillas. Ceba mate. Acalla despertadores.
Una mujer que canta tangos, mal, pero se conmueve con el jazz. Y Roberta Flack desgrana su Reverendo Lee todas las veces que sea necesario mientras ella se maquilla para salir a escena.
Y Litto Nebbia no permite que le impidan seguir si sus fuerzas flaquean: *Yo sé que no voy a morir por ahora, y la razón es que estoy muy ocupada.*
Una mujer de acá, de la República Argentina. Una lucha.
Una mezcla reprimida y salvaje, con rasgos europeos y con tetas criollas.
Que se acuerda.
Le llega el viejo odio en salvajes oleadas.
Su más cruel adversario es ella misma. Y también su más caro enemigo.
Blanco sobre blanco.
Paredes y jarrones y retratos enmarcados en blanco sobre todos los blancos que pueda.
Y mirarse las manos en cada espacio útil. Y, también, en cada espacio muerto.

María Félix

Me gustaba imaginarme que era María Félix. Pasaban los mellizos Rodríguez por la puerta de casa. Se codeaban, preguntándome, casi a coro:
- ¿Quién sos?
- *María Félix*
Con el pelo cortito, con camisas de mi padre sobre los shorts azules y gastados, muy tostada por el sol, tan negrita, tan rechoncha y petisa. Y mi mamá, llamándome *"negrito"*.
-María Félix.
Me gustaba hablar como los locutores. Y el primer nombre que aprendí a pronunciar entre oropeles de gloria *"y ahora con ustedes la máxima, la innombrable, la intocable"*, era el mío.
Me gustaba ser trágica y envolverme en las sábanas blancas y hablar como suponía que hablaba Lady Macbeth con Macbeth y Hamlet con la calavera.
Me gustaba ponerme una mantilla negra y transparente que tenía la abuela.
Y al cumplir doce años me gustaba ponerme esa mantilla y recitar a Lorca.
Y Antoñito el Camborio agonizaba y sacaba del ropero la caja de bombones sin bombones que guardaba las cartas y poemas de amor de mi padre a mi madre.
Me gustaba leerlas. Inquirir el principio, el proceso, los antecedentes y las circunstancias, el desarrollo estructural y dramático que llevó al momento exacto en que fui concebida en la esquina de Tandil y Buenos Aires, en Rosario, Santa Fe, República Argentina.
La estructura. El relato.
Me gustaba. Me gustaba y me gusta.
Me gustaba pensar que era grande, famosa, inteligente.
Y Cyrano de Bergerac y Dirk Bogarde se me aparecían en la ventana chica del aula de la clase de canto. Y ningún otro del grado los veía.
Me gustó mucho tener mi propio hombre de la bolsa inventado por mí, porque nunca me habían amenazado con uno.
Y el amigo jubilado de papá, igualito al Señor Búho de un cuentito ilustrado que aún conservo, pasaba, me miraba, se detenía en la puerta y extendiendo amenazante un dedo, me decía:

- ¡Para adentro, enseguida!
Y yo corría como loca a la cocina, mesándome el flequillo, que era lo único que me podía mesar. Y ahí reía. Él y yo, nadie más en el juego. Nadie más lo sabía.
Me gustaba dirigir, actuar, cantar, pasar modelos y organizar festivales teatrales en el patio de casa, pidiendo prestados los banquitos en el Club Deportivo y Social Mariano Moreno, que aún existe.
Y los mellizos Rodríguez pagaban su religiosa entrada, retribuida por un chupetín y un obsequio y un obsequio sorpresa, función aparte. Y preguntaban, codeándose entre ellos:
-¿Quién sos?
-María Félix.
Con la ropa del hermano de Mercedes, porque hacía el personaje del marido.
Con el vestido de la primera comunión, disfrazada de honorable y gran dama patricia.
Con el cubrecama de cretona encima, devenida en un rey.
-María Félix.
Y más adelante, sobre la adolescencia, envuelta en gasa blanca y strass bajé una noche al río en medio de una fiesta. Me saqué los zapatos. Entré en el agua hasta las rodillas. Y César, el que pudo haber sido El Primero y no supo, me gritaba *"¡Alfonsina!"*. Yo escribía poemas veloces como ahora cocino milanesas. Con la misma avidez, con el mismo sabroso sabor de comida hecha en casa.
Me gustaba ponerme el delantal almidonado, duro, blanco, puro. Subir a la tarima y recitar El Cóndor, de Joaquín V. González. Y entonces me aplaudían. Me gustaba ser la primera actriz en el colegio, negra, chiquita, flequilluda. La boca carnosa y las piernas rollizas. Que lloraba por los manchones del cuaderno. Que lloraba porque el punto cruz no le salía. Que lloraba porque Carlitos Cornaglia le tocaba las piernas cuando pasaba al frente. Que lloraba por la compañerita rubia, testigo de Jehová, con trenzas y bicicleta propia que se sentaba al lado de la actriz. Me decía *"negrita carbonera"*. Sólo le faltaban los ojos celestes para ser una diosa. Pero era tan odiosa.
Me gustaba llorar. Me gustaba y me gusta. Y lloraba en la puerta de casa, haciendo fuerza con la fuerza mental.
De esta manera: me ponía a imaginarme que era pobre, más pobre y más negrita. Y nadie me quería. Y nadie nunca más me aplaudiría. Era más, más negrita. Más no se podía. O eso me parecía. Y los mellizos

Rodríguez me veían llorando y sonriendo todo junto, en la puerta de casa, y se codeaban entre ellos y decían:
-¿*Quién sos?*
Y yo: - *María Félix.*
María Félix les decía.

Yo soy ♣

Soy yo.
Me poseo. Me pertenezco. Soy.
Estos ojos grandes, de mirada ojerosa de tercera generación argentina y cansada, casi negros, que me miran. Que me atrevo a mirarme.
Soy yo. Me llamo María Elena. María por la Virgen y Elena por la abuela.
Soy yo. Cédula de identidad 9.275.303, expedida por la Policía Federal el 20 de julio de 1978. Ah. *Mil novecientos setenta y ocho.*
Soy yo. Vengo y permanezco. Estoy.
Estoy en un país en el cual durante siete años seguidos a la gente se la tragó la tierra. Literalmente hablando.
Literalmente haciendo la memoria vengo de un país que quiere ser amnésico. Vengo, estoy, en un país donde *el que no llora no mama y el que no afana es un gil*. Vapuleada, vilipendiada, estrecha y dolorida República Argentina, bananera sin bananas, con ese nombre majestuoso de mina, de mina resistente y aguantadora del tipo de mi vieja: República Argentina.
Soy yo.
Vengo de un país cueva, de un país pampa, de un país Boca-Ríver, de un país Liberación o Dependencia.
Liberación o Dependencia.
Y está bien que así sea.
Vengo de un país moreno, con sonrisa desdentada y con bombo ruidoso y vereda de enfrente: pulcra, blanca, engominada, la vereda de enfrente.
Vengo de llenar la Plaza, vengo de correr por la Plaza, a veces repudiando, otras veces repitiendo un nombre con los ojos velados, de soñar la Plaza y por la Plaza vengo.
Estoy.
Vengo.
Llego.
Quiero creer que estoy llegando de nuevo.

♣ Este texto fue incluido en el espectáculo unipersonal Piedras y Huevos, que representó a la Argentina en los festivales Córdoba '86, Cuba '87, Los Ángeles (USA) '90 y Córdoba '90.

Salgo: y soy yo:
treinta y siete años, un metro sesenta y pico de estatura y no soy chueca y pará de contar.
Tengo algunas heridas visibles y otras que no tanto. Y las visibles se deben a que soy torpe. Vivo
>
> cortándome los dedos
> quemándome las piernas
> golpeándome los codos
> quebrándome las uñas
> cayéndome en la calle
> mordida por los perros
> haciendo laringitis
> poniendo antitetánicas

y las que no son tan visibles se deben a mi origen y son el único patrimonio respetable que tengo.
Estoy.
Antes vine.
De la segunda ciudad mudada a la primera.
Ahora tengo veintidós años: llego: refundándome, renaciendo a la vida con pequeño equipaje.
Unas ganas terribles y algunas cosas en mi haber no lamentables:
el mito de la virginidad abandonado a los veintiuno (mayorcita, *como verdaderamente corresponde*),
el mito de la misión única de la mujer sobre la tierra cambiado por el teatro (con un novio plantado casi casi en la iglesia),
el mito del no se puede derrumbado a curiosidad, deseos y coraje,
un poquito de Jauretche y de Guevara
otra dosis de Evita y Juan Domingo
Marechal y Neruda, Vacarezza y Discépolo,
Fidel Castro y Tsé Tung.
Vine de la mercantilista, la portuaria, la sofocante segunda ciudad de la República, Rosario. Cuna de valientes, si los hay.
Vine.
De no querer morirme sin probar.
Vine del Rosariazo,
vine de un frigorífico, de una calle de tierra frente a un orfelinato.
Para tener amantes y llenarme de sonrisas el cuerpo, hacer la revolución con estas manos, no olvidar el pasado, trabajar y estudiar en el presente creyendo en el futuro.

Para vivir.
Para vivir venía.
De una madre campesina y sirvienta y de un padre desclasado al revés, y después gremialista.
Yo vengo de ser única privilegiada. Vengo casi de debajo de una bota.
Vengo del Hombre yéndose en la cañonera y la gente llorando bajito y pidiendo que no.
Vengo de aprender a leer en la bilioteca de un Sindicato, con un libro de Derecho del Trabajo.
Vengo de un beso de Don Hugo Del Carril en la mejilla.
Vengo de ser marginada a los seis en la escuela primaria; Reina de la Primavera a los catorce, elegida entre otras cuatro púberes horribles en un picnic con lluvia hecho en una terraza; pardita de vuelta sobre la adolescencia y después ya La Negra, para siempre.
Algún día yo seré otra vez La Reina. De *mi* primavera.
Vengo de haber jugado hóckey sobre césped en un intento fallido de sentirme blanquita.
Vengo de haber mamado bien, por suerte.
Vengo de haber sido Delegada. Y eso no se paga.
Con nada.
Vengo de subirme a un escenario casualmente y no querer bajarme nunca más. Y aquí estoy.
Vengo de estar acá parada
o caminando
o corriendo a tropezones para que simplemente venga alguien y me diga, mirándome a los ojos, que me quiere.
Aunque después sea todo mentira.
Vengo. Llego.
Yo vengo de muchas copas de sidra y vino tinto en damajuana y Feliz Año Nuevo entre cohetes y disparos y entre dientes Viva Perón y que trabaje el patrón y está bien que así sea.
Vengo de no querer seguir así.
De no querer morirme vengo.
Yo vengo de un recuerdo de ventanas tapadas, de luces apagadas, de soldados y tanques que pasaban y pasaban y pasaban.
De adentro de una zanja.
Era el derrocamiento y mi madre lloraba.
Yo vengo del cincuenta y cinco.
Yo vengo de adentro de una zanja.
Yo soy.

SEÑAS PARTICULARES

Digo que si hay que hacerlo, lo haré. No lo dejo en manos del destino. No lo dejo en manos de quien no me conoce. Sé lo que me conviene. Y entonces respiro hondo y pongo manos a la obra.
Anita Baker

Siempre me crecí ante apuros y retos, ante las cosas que no funcionaban. Entonces fue cuando realmente aprendí.
Carol Burnett

Divorcio '76- Marzo 24

Y era de noche y la calle tenía un aspecto muy, demasiado ajeno a
una noche de marzo y sus manos mojadas dejaban caer imperceptibles gotas que dejaban marcas en el vidrio sucio de la ventana grande
y era de noche casi de mañana y el ruido era cada vez más grande
un trueno
y por la vereda par un hombre caminaba con un chico aferrado de la
mano y ese chico miraba
y era de noche y ella estaba sola y vos no estabas y tus valijas habían
quedado preparadas
ibas a volver por todo a la mañana y ella estaba sola
y no sabía que lo estaba tanto hasta que empezaron a llenar la calle y
el chico los miraba y
me acuerdo
se acuerda que estaba sola y vos no estabas
se acuerda de cuando pusiste al lado de la puerta tus valijas esa madrugada y ella quería que salieras de su vista cuanto antes
ella en ese momento te odiaba
y me acuerdo que calculó no más de cinco años de edad en ese
chico que miraba
ella miraba a ese chico y a su padre a través de la ventana
y creo
después miró te miró las valijas y miró el teléfono nadie a quien llamar
no ahora no es momento de llamadas
y era de noche y ella estaba sola sin darse cuenta aún de lo sola que
estaba sola estaba
y los aviones
y los camiones con soldados
y los fusiles
y los tanques que pasaban.

El ensayo ♣

A mi hermano Soria

Viene la mirada de Héctor desde detrás de los agujeros de la máscara de látex.
Cae sobre mí con el peso de quien pone todo en los ojos. Resbala sobre mi nuca. Cuando grito, su mirada siente el grito.
Las manos de Lila en mi cintura. Los dedos de Cecilia, que se agitan nerviosos en torno a mí, sujetándome el pelo. Respira muy cerca de mi cuello.
Un aleteo tenue de la mano de Orestes en mi mano. Un susurro de Víctor en mi oreja derecha. La cabeza de Silvia, que choca con mi pelvis. Un sonido gutural. Ahora. *Ahora*.
Siento que ahora debería lanzar el texto como un disparo hacia donde Javier sentado me mira, nos mira. Su cabeza entre las manos, tensado como un arco: yo soy su flecha ahora.
Pero acaba de asomar lo que busco hace tiempo dentro de esa mujer que estoy intentando ser ahora, y dilato el momento, la palabra. Me detengo en el suelo, expectante, esperando que asome acá afuera lo que viene de adentro.
Javier sigue mirando y luego dirá: *muy bueno tu trabajo*.
Y yo, como de costumbre, no sabré si lo dice porque fue muy bueno o todo lo contrario y no quiere que yo me desinfle, y pensaré que él

♣ Este texto data de 1978. Dos años después, Héctor Soria salió del país. Se fue a Puerto Rico, a vender una propiedad de su mujer. No volvió más. En 1999, hace dos meses, estaba releyendo este texto, considerando la posibilidad de incluirlo o desecharlo. Sonó el teléfono. Dejé que atendiera el contestador. La mujer de Héctor me saludaba alegremente por lo bien que me iba, después de casi veinte años de no vernos, y me informaba, como al pasar, que Héctor, "obviamente" había muerto hacía diez años. No contesté el llamado. Todavía no lo creo.

ahora está pensando que yo creo que lo estoy haciendo bien, pero que lo hago equivocándome de fondo.
Pienso todo esto en segundos. Siempre lo pienso durante segundos al tropezar mis ojos con su cabeza bajo la lucecita celeste de la consola de luces, en medio de la oscuridad.
Pero siguen detenidas mis piernas, muda mi lengua, toda yo suspensa, al borde.
Tiemblan las rodillas.
Sintiendo que cuando él dé luz de descanso, tendré que besarle los pies por permitirme estar ahí, por darme la oportunidad de estar *ahí*.
Ahí es los cuerpos sudorosos por el trabajo, la luz roja y cenital y mis ojos abiertos hacia ella, y no hay luz comparable cuando me sostienen, como ahora, manos compañeras a las que me abandono mejor y más confiada que a los brazos de un amante.
Una gota de saliva, de alguien que gritó sobre mi cara.
La ropa, resbalando sobre mis hombros casi al final de la escena, Héctor que me coloca el velo invistiéndome, coronándome **actriz** y mi voz ahora, ahora mi voz.
Estoy hablando, al fin, al fin estoy pudiendo decir estas palabras como si fueran nuevas, como si fueran mías, sin pensarlas.
Eso es, grita, pide, reclama Javier, *eso, eso, eso*.
Y la luz roja más intensa ahora, unos segundos más sobre mi cuerpo totalmente erguido, calmo, quieto y la voz de Javier, que detecto está contento, por su tono: *Bueno, paramos quince para un cigarrillo*. Y la luz de descanso.
Y yo que espero su mirada y él que la esquiva un rato: un padre y una hija en ese momento, la nena esperando la aprobación y el permiso para ir a jugar, el padre disimulando la debilidad por la nena y
Muy bien, Orestes, vas acercándote a lo que te pedí   y
Mario, qué buen manejo de la energía estás teniendo   y
Marcelo, contené tus arranques un poco más que la podés llegar a matar a María   y
Ah, antes que me olvide, Héctor, pasate a esta punta que después me cruzás todo el escenario corriendo porque no llegás y estropeamos todo   y por fin su mirada y
Muy bueno lo tuyo, Negrita, realmente fue muy, pero muy bueno.
Y yo que pienso que no, mientras sonrío turbada y digo, pregunto, *¿viste como lo encontré de pedo?*, total ya sé que no quiere que yo

me pinche justo ahora y por eso no me da con un caño, total lo principal ya está. Pero algo me cosquillea agradablemente.
Y la mirada de Héctor ya fuera de la máscara de látex, Héctor, mi modelo, Soria, mi hermano de pasión, sudoroso y arrebatado y hermoso por el trabajo, que me da el consenso último y definitivo, la mirada de Héctor con todo en los ojos que sonríe y aprueba y se alegra de mí.
Y yo, que prendo un cigarrillo y me olvido de besarle los pies a Javier y me reintegro al mundo de todos.
Al alquiler indexado, a la deuda con el dentista, al pelo que necesita un corte, al tipo ese que no me llama, a la soledad y a la angustia, a las ganas de hacer el amor.
Un ensayo más.

Ellas (1978)

Carola dice que está igual que el año pasado cuando se separó: tipo que se le acerca, ella le raja.
Adriana dice que quiere un marido y un hijo y se le acaban todos los problemas.
Beatriz dice que está aburrida de que Luis se la coja de la misma manera ortodoxa desde hace años. No entiende que a ella le gusta arriba.
Yo opino que ya es hora de que tomemos esos mates.
Beatriz no quiere.
Adriana dice feliz de vos que podés tomar mate yo me muero del hígado.
Yo le digo que yo también, pero que igual quiero tomar mate.
Carola pregunta si me siento feliz o ansiosa o qué, dado que el estreno está tan próximo.
Yo la miro a Beatriz y le digo que no sé por qué no se ha dado cuenta todavía, con la edad que tiene, que los hombres, en general, piensan que somos geishas que tenemos que ayudarlos a amarnos, después de atenderlos con todos los chiches.
Carola dice que ella va a preparar el mate.
Adriana se queja de que la losa radiante no funciona y pregunta por qué digo cosas acerca de los hombres que no pienso. Después siempre los defendés, agrega rencorosa.
Yo le grito a Carola, que se ha ido a la cocina, que no sé si el estreno está próximo en realidad, porque se nos enfermó otro actor.
Adriana se ha quedado esperando una respuesta y yo le digo que con sólo recordar un par de orgasmos, se me atenúan inmediatamente las ganas de clavarles un puñal por la espalda. A todos los hombres en general.
Carola, desde la cocina, grita que este mes habría que negarse a pagar las expensas.
Beatriz dice que es muy tarde para ella, que los chicos la deben estar esperando y que su mamá (y acá todo lo que dice siempre sobre su mamá que es larguísimo) saluda y se va para su casa.
Las tres saludamos a Beatriz.
Adriana lanza bufidos examinándose las uñas de los pies.
Carola llega con el mate y la idea –reiterada– de que yo tengo que im-

ponerme a ese director tan dialéctico y no sabe qué más, y hacer sahumar la sala de ensayo con su bruja particular.
Adriana pregunta el teléfono de mi pedicuro.
Yo se lo repito de memoria dos veces, inútilmente, porque ya está en el baño y abrió las dos canillas y no me oye.
Carola me tiende el mate y me repite dos veces, de memoria, el teléfono de su bruja particular y yo no la oigo, porque Adriana ha salido del baño para poner el long-play de Santa Esmeralda.
Carola pide Emerson-Lake & Palmer.
Adriana repite "por enésima vez" que ella siempre escucha Santa Esmeralda mientras se lava el pelo. Si no mañana, cuando su amante nos despierte a todas a timbrazo pleno a las siete y media de la mañana para ir con ella a un hotel mientras su mujer cree que está en la empresa, la va a encontrar hecha una india.
Carola se sirve un mate y dice que si una lee eso en una novela, la primera impresión es que esas cosas pasan sólo en una novela. Y de bajísima calidad.
Adriana pega un portazo.
Yo le pregunto a Carola si se refiere a un amante que te lleva a un telo a las siete y media de la mañana de un viernes, o si se refiere al hecho de que necesite oír Santa Esmeralda cuando se lava la cabeza.
Y Carola grita, porque Adriana siempre deja todas las luces encendidas.
Una noche más.

La oficina es otra cosa

Pero la oficina es otra cosa.
Es ese lugar donde una llega para encontrarse con que mejor se pone a resolver las palabras cruzadas, total hace como seis meses que no aumentan los sueldos.
Es el lugar donde cuando se trabaja se toma mucho café y también Indian Tonic, total vienen de arriba.
Y cuando no se trabaja se toma mucho café y también Indian Tonic, total vienen de arriba y hay que entretenerse en algo, cuando no hay nada por hacer.
Donde el teléfono suena cada cinco minutos para que una tenga que caminar un pasillo de media cuadra hasta la oficina de los jefes, y le digan que "*no están*", y cuando una se cansa de caminar los niega directamente y ellos se enojan porque "*esa*" llamada la habían estado esperando toda la mañana.
Es desayunar todos los días de manera distinta: Beatriz compra medialunas, el Jefe trae alfajores de su viaje relámpago a Mar del Plata, Rita chocolate en rama de su inspección a Bariloche.
La oficina es otra cosa.
Es:
Luis que entra con los diarios del día y Beatriz que lo manotea, en la entrepierna. Mientras, yo fumo y leo y me hago la abstraída. **Tengo** fama de abstraída. Es el lugar donde se genera mi día y su transcurrir, donde puede ser que a causa de la oficina no esté bien en los ensayos y Javier me diga: "*ah, es **tu** problema*".
Es ese lugar con luz artificial y aire artificial y gente que, entre o salga, nunca cierra la puerta, salvo uno de los jefes, que –por ser tan petiso- siempre la cierra de un golpe.
Donde yo almuerzo y meriendo, tecleo cartas dirigidas a gente que no conozco o que conozco y no me importa, donde cuento cosas de mí a gente a la que no sé si le interesa de mí, donde lloro y río y hablo por teléfono, donde sufro y amo y odio y me enamoro y también es el lugar donde a veces creo que no puede pasarme nada malo.
Sí.
La oficina es otra cosa.

Es ese lugar peligroso, tan peligroso que una vez discutí con Javier y abandoné el ensayo para *"no volver nunca más",* tomé un taxi queriendo refugiarme en un lugar seguro y le di la dirección de la oficina.
Sí.
La oficina es otra cosa.
Es ese lugar donde juego a ser secretaria con camisa y pollera a media pierna, seduciendo, a un tipeo de ochenta palabras por minuto, a jefes que a veces se ríen de mis chistes audaces. Donde se discurre de recetas, métodos anticonceptivos, filosofía, política gremial, abortos, tampones, amantes y maridos y novios, se regalan cosas lindas y feas para los casamientos, y se toman medidas precautorias y los ofrecimientos de prueba vencen y hay que correr a Tribunales y entonces se curra en los viáticos. Y se ganan pleitos y juicios.
Y hay gente que me ve pinta rara y a la que todos los llamados que recibo les resultan sospechosos.
Hecho todo lo que hay que hacer ganamos juicios inganables.
Hecha la ley hecha la trampa.
Hecha la jornada tomo aire y después tomo el subte.
Y es también ese lugar del cual salgo y hay tardes en que me echo a llorar porque no hay derecho a que yo, siete horas diarias de mi vida, una persona como yo, encerrada en un lugar así.
Sí, y son buenas compañeras y buenas amigas y nos ayudamos mucho y nos regalamos perfumes y pañuelos de seda y a veces me cuesta un esfuerzo enorme oír y hablar y estar y Javier si se lo cuento cuando cenamos me lo comprende, pero antes o en medio de un ensayo
es
mi
problema.
Sí.
La oficina es otra cosa.

Apertura y transición

> *Nosotros arrastramos los pies*
> *sobre un río de sangre seca.*
> Juan Gelman

Nos bajaron del tren cuando ni nos habíamos amado tanto todavía.
Cuántas palabras que nunca nos dijimos. Cuánta gente que no nos conocimos. Cuántos cuerpos que nunca nos tocamos.
Hubiéramos podido ser felices de a ratos, parir hijos en pleno. Amar, amar, amar, llorar si se debía. Y construir la vida.
Fuimos la exterminada, la torturada, la quebrada, la desaparecida, la asesinada, la sobrevivida generación subversiva. No pudimos sino resistir como podíamos. Pudimos.
Ahora salimos como topos de las cuevas. Y no nos conocemos.
Confrontémonos honestamente, hablemos, atrevámonos a confesarnos: caras contra la almohada, boca entre las frazadas, fantasías suicidas y a veces borracheras mientras nuestros hermanos caían, morían y se ahogaban. Todas las noches *cuando me toca a mí* todas las mañanas.
Y me devuelven el tren. Pero el vagón que me toca por derecho está casi vacío. Y yo perdí muchas cosas. Entre ellas el boleto, el santo y seña, la contraseña o el pase libre, ya ni me acuerdo.
Además, perdí el color que me toca ponerme en la cara cuando escucho una palabra fuerte. Porque las escuché todas.
Queríamos tener hijos, queríamos tener hijos y criarlos, pero antes queríamos amar en libertad un poquitito más, coquetear con algunos, decir unas mentiras inocentes y tomar unas copas de más, conocer unos vicios chiquitos y bailar, por qué no, si teníamos la edad para hacerlo.
De pronto nos quitaron el piso y el techo y las paredes. Hubo gritos y sirenas y disparos y bombas y hubo nada más que muerte y resistir.
Y morirnos de a poco. O desaparecer. O esconderse y no había escondite.
De noche jugábamos al amor y nos lastimábamos dulcemente. También en el amor hubo desaparecidos y sigue habiendo desaparecidos.

La cultura dictatorial ha cundido. No me despido, me esfumo en el aire, desaparezco. Qué palabra tremenda para invocarla, qué palabra tremenda.

Sólo es *hoy* (y a veces ni siquiera) y decir *hoy* es decir apenas un poquito, un ratito nomás, me riego la quintita, me la cuidé estos años, vivo bien y seguro, no me toquen el culo.

Hay miedo, todavía hay miedo y desaparición y muerte, pero hay también democracia, flojedad, estamos relajaditos muriendo bien flojitos. Pero los amigos, esos de fierro, vigilan y te cuidan. No te dejan que te mueras solo. No quieren. Antes prefieren morir ellos también, beberse un vino en el último estertor, juntarse, dar calor, qué suerte los amigos.

Queríamos procrear, repetición necesaria.

Pero cuántas cosas nos quitaron. Por empezar el tren, que hoy me devuelven.

Y todavía quiero bajarme dos o tres compañeros que tengan buenas piernas y hombros viriles y quiero bailar por qué no si me da ganas y tener esos hijos.

Pero tengo casi una década más. A cuántas cosas les diremos *adiós, nunca más te esperaré, no soñaré con hacerte ni un cachito.*
A cuántas cosas las daremos por perdidas, definitivamente.

O la profesión, o el hijo o el vicio chiquito o la pareja o el precio, cuál será el precio de obtener un poquito de esperanza sin sentir otra obligación, otra venganza.

No hay olvido. No hay perdón posible ni olvido posible.

No hay redención posible ni esperanza que valga ni ducha que te sirva para lavar el miedo y dejar de mirar por sobre el hombro. No hay.

Porque todavía no lloramos todo el duelo, la separación de los amantes, la desconfianza, la desolación sembrada. Las palabras de horror que nos dijeron. Las que nos dijimos. Las que vamos a escuchar todavía.

El enemigo habla y habla y habla. Nos acosa con el hambre y la desocupación, con la abstención de amor, la abstención de dinero y de pan blanco, nos muestra culos, culos, culos, caras de culo, almas como el culo, el país como el culo, el sueldo que no alcanza y *no se puede más.*

Y siempre se puede un poco más. Y ahí está el problema.

Que uno solo de ustedes, que uno de nosotros pueda derramar un grito sin esfuerzos, que uno de ustedes, que uno de nosotros pueda llorar acá de pronto, sin vergüenza, tal como no tuvimos oportunidad

de gritos ni vergüenza para sobrevivir.
No tengo ni culpa ni vergüenza de estar viva, pero las tengo para llorar, porque eso significaría admitir el dolor y la culpa y la vergüenza y no quiero.
Quiero vivir nada más pero no puedo. Con este nudo en la garganta. Tanta mentira, tanto dolor, tanta falsa alegría, tanta expectativa. Tantos rostros, recuerdos, mujeres, hombres, niños, en cuatro patas todos, doloridos.
Mientras mataban y torturaban calle abajo, nos dejaban acá arriba en las veredas, nos encargaban a nosotros la tarea de hacernos mal entre nosotros. Torturarnos, matarnos a pleno sol, a plena luna. Nos dijimos mentiras, desconfiamos, nos engañamos, nos seguimos engañando, nos están ganando, vivimos de revés, de contramano. Sólo algunos nos amamos y eso es mucho decir.
¡Qué poco somos, Señor!
¡Qué poquitos somos!
Danos la vida, démonos la vida, démonos el perdón necesario.
Nos tapaban las mirillas, se llevaban al vecino, nos pusieron las armas en la nuca, nos tocaron el culo, nos interrogaron los empleados públicos, el basurero de manliba, los porteros, la ciudad entera nos amenazaba con desaparecernos y tocarnos el culo. Nosotros nos mentíamos, nos tocábamos también entre todos el culo, nos poníamos mentiras en la nuca y poníamos palabras en la boca de otro, no contestábamos el timbre ni el teléfono, nos hacíamos negar, hablábamos de ética entre los disparos y la sangre y ni siquiera nos dejaron el coraje, la humildad de mirarnos cara a cara pedirnos perdón entre nosotros, a cada uno de nosotros.
Ya lloramos a los muertos. Ahora llorémonos los vivos, que nos vimos obligados a matarnos de a poco para sobrevivir. Codazo tras codazo, encierro tras encierro. Estamos muertos.
Tan muertos como vivos nos creíamos ayer.
Sobrevivir sobrevivimos y ahora como topos de las cuevitas salimos. Nos devuelven el tren a los deudos de hermanos.
Y hay que subir, de a poco.
Y subamos.
Empecemos por el buen día, perdone, todos estos años estaba distraído mirando morir gente y no lo vi.
Le tengo miedo a todo aquel que me mira de frente. Qué me quiere sacar. Qué. Por qué me dice eso, por qué me ama si yo no le pedí

cariño ni nada que se le parezca. Por qué. Por qué. Por qué.
Siento que voy a poder llorar. No puedo sola.
No puedo sola amar ni llorar ni siquiera decir quiero llorar ya puedo sola. No puedo sola más, no puedo más, ya no puedo seguir más hacia adelante sola.
Mala mala mala mentirosa mentira la parca azul que nos dieron en forma de noche amenazante y patrullero curioso y coches verdes con siniestros baúles y sudor helado y vino blanco para calmar las penas. Recuerdos de la muerte y la trama secreta y la soberbia armada y los chicos de la guerra y no sé cómo decirlo
si me decís te digo
si me llorás te lloro y si lloramos y si nos tocamos si por fin todos juntos no podemos más
no podemos más en serio
esto así no se aguanta
me parece que por fin podremos. Si no, qué esfuerzo vano. Si no, cuánto matarnos para nada. Si no, habremos perdido la batalla. Si no, cuánto sobreviviente inútil.
Si no, qué esfuerzo vano, desaparecidos de acá arriba.
Tener voz para nada.

Despedida y no

Cómo te amé a vos. De qué manera. ¿Te palpitaste alguna vez ese amor que te tuve, y te tengo?
Nadie te amó así, estoy segura. Bah, a lo mejor sí. Pero a mí se me aflojaban las piernas de sólo pensarte. Y qué felices fuimos todo ese tiempo que estuvimos tan juntos, y viajamos y nos juntamos con otra gente y éramos compinches y nos peleábamos mucho pero era tan hermoso. Después de las peleas, siempre era todo mucho más placentero. Desde pendejona te tuve unas ganas terribles. Pero siempre tuve un amante. Bah, no se le puede llamar amante, pero era un secreto que nunca te conté, un misterio mío.
Yo escribía poesía.
Sí. Te juro que escribía atormentados y carnales poemas que no le mostré a nadie. A casi nadie, bah. A vos no te los mostré nunca, por ejemplo. Pero los que me leían decía que yo a vos te tenía que dejar porque no me dejabas tiempo para escribir y que yo debía hacerlo. Pero era tan hermoso vivir juntos, tan pleno, que no tenía ganas. Y hasta dejaba absolutamente de escribir, por momentos.
¿Te acordás de cuando finalmente, después de mucho histeriqueo nos enganchamos definitivamente? Fue justito después del golpe. En abril del '77 digamos. Me acuerdo que éramos como doscientas cincuenta personas que queríamos hablar con vos y sólo ibas a recibir a veinticinco. Yo te había ido a ver cinco años antes y me habías resultado tan enloquecedor, tan seductor, pero justo empecé a militar y entonces me casé con el tipo ese que militaba y escribía poesía y dejamos de vernos por un tiempo largo porque él estaba muy celoso de vos. Me decía que me convenía quedarme la mayor parte del tiempo a su lado porque él escribía y me incentivaba a mí.
Pero al fin nos separamos muy pronto y vino el golpe y empecé a tener otras necesidades y entonces pensé que definitivamente eras vos, y me recibiste entre esas veinticinco y me elegiste y terminamos muertos los dos, calientes como perros calientes, revolcándonos entre babas y sudores y gritos y llantos y peleas y coitos múltiples y cojidas sublimes y pajas compartidas y nos amamos tanto que hubo gente que comenzó a envidiarme, de lo bien que me iba con vos.

Y pasamos juntos cuatro años terribles pero lo pasamos bárbaro, dijimos lo que se podía y a veces también lo que no, y fue un año bárbaro para mí, sentía que iba volando en línea recta hacia mis objetivos y vos también, y elegía, podía elegir, pero hacía sacrificios para eso, ¿te acordás? Trabajaba horas extras, fui vendedora ambulante...

Y de pronto no sé qué pasó: me acuerdo que me sentía mal con nuestra vida en común. Creo, porque me puse a escribir, en diarios, en revistas, hice radio, me aparté de vos.

Y te pusiste muy celoso.

Pero al final dejé todo para quedarme todo el día con vos y de pronto, fijate que no sé qué me pasa. A veces has llegado a cansarme. No, no quiero ser injusta. No me cansás pero me da bronca pensar que ya no somos como antes.

Me das a veces cada sufrimiento.

Por eso a lo mejor digo cómo *te amé*. Tiempo pasado. Porque dejé de gozar a fondo con vos, justo ahora que empezó la democracia.

Mirá cómo habré cambiado que salía para verte y me volví de golpe a escribirte esta carta porque no sé si voy a ir hacia vos. Por ahí prefiero quedarme escribiéndote esta carta que todavía no sé si es cierta, si será cierta en algún momento, si te la voy a dar, si te voy a dejar realmente.

Le tengo miedo al otro amor que me está llamando desde hace un tiempo.

(Le tengo miedo como el miedo que le tendría yo a un hijo, en este momento, estando con vos. Miedo por lo fascinante y lo desconocido.)

A veces siento que tenemos que distanciarnos un tiempo. Cambiaste un poco, te limitaste, andás siempre por ámbitos oficiales en los que me aburro, no genero nada, me quiero ir al rato, no te puedo dejar solo tampoco, no sé bien qué hacer.

Pero tampoco me banco estar ahí con vos.

En cambio el otro... el otro viene cuando lo llamo, me permite expresar libremente mis propias opiniones, (la que no se lo permite en todo caso soy yo), es todo para mí y yo soy toda para él y nadie nos molesta. Y cuando queramos nos va a poder ver todo el mundo, y sino, no. Aunque tengamos que ocultarnos mucho tiempo. Total, somos felices.

Y además, cómo será el amor, la calentura, que le perdí el miedo a la máquina de nuevo, a los ochenta y cinco espacios vacíos, y me siento y le doy, le doy, le doy, para gustarle al otro, Para conquistármelo, para enamorarlo como alguna vez nos enamoramos vos y yo, y te escribo estar carta que a lo mejor no es cierta pero me gustaría que la

leyera todo el mundo. Porque me gusta, me gusta estar escribiéndote.
No sé si te voy a dejar, pero te propongo que por fin enfrentemos esta realidad:
hay **otro**.
Y yo no quiero dejar que se me vaya de las manos, lo pienso gozar a cada rato y donde me deje. No quiero que se me escape esta vez.
Sé adulto. Seamos adultos.
Dejame tiempo para el otro y no te abandono, al menos no definitivamente.
Tampoco quiero perderte a vos.
Estoy golosa.
Intentemos una relación verdaderamente libre. Estemos juntos cuando estar juntos nos haga realmente felices y podré hacer lo mismo con el otro y nos arreglaremos bien los tres y yo seré tu Doña Flor.
Pero con **dos** Vadinhos.
Porque el otro es un libro, che teatro.

Insomnio

Mauro se da vuelta en el coche para mirarme fijamente.
Él extiende su mano para tratar de sacarme las llaves, pero su mano cambia de idea en pleno viaje y me da una cachetada.
María José sonríe con los ojos llenos de lágrimas y dice: *"Ya sé, corazón, ya sé que no es nada fácil"*.
Alfredo me ve llorar y aunque debería (cree) abrazarme, me ofrece un pañuelo.
Ignacio en primera y repentina complicidad me palmea, sonriente: *"Tía, no te preocupes, hace rato que bebo cerveza"*.
Luis obtura, una y otra vez y luego, fuera de la cámara, me mira sonriente.
Pablo se niega a cantar. Pide que nos saquemos una foto abrazados. Yo me niego a recitar. Pido que nos saquemos una foto, besándolo en su cachete tan terso, tan gordo, tan moreno. Más tarde, cuando estamos todos completamente borrachos y melancólicos, espera que la alegría se abra paso. Milanés arranca entonces su autito blanco, y de regreso de las playas del Este canta un tema de Fito Páez. Todos le hacemos coro. Y desembocamos en un tango.
Roberto está internado. Me entero apenas bajo del avión. Me enojo con él, por devolverme de pronto a su realidad. Que también es la mía. Al fin y al cabo es mi amigo.
Ella me dice: *"Usted no está enferma. Sufre, simplemente. Hay que tratar de detectar las reales causas de ese sufrimiento"*
En el hall del cine, él me abraza antes del estreno: *"Pase lo que pase, te merecés algo más importante. Espero poder dártelo yo."*
Pablo pregunta: *"¿Y Mauro?"* Lili responde: *"Está comiendo mierda, mira tú, con esta mujer acá"*.
En el aeropuerto de Carrasco tengo frío. Acepto el abrigo de un uruguayo que se llama Gustavo. Es igual a Giancarlo Giannini. Su sobretodo huele a jabón de tocador. Él me habla. Yo, para no respirar ese olor ajeno, abro la boca, inhalo, exhalo, lo que me da un cierto aire de boba.
Intento ir a ver a Roberto al hospital. No puedo.
Mauro se da vuelta en el coche para mirarme fijamente.
Tiro los discos de los Rollings Stones.
Paso en limpio todos mis poemas y vuelvo a guardarlos donde nadie pueda encontrarlos.

Comienzo a escribir en una hoja en blanco.
Le pregunto: *¿Tenés miedo al SIDA?*
Él se ríe: *¿Por qué? ¿Con quién anduviste?*
Roberto sigue internado. Me entero apenas bajo del auto.
Lo que queremos ofrecerte, concretamente, es el protagónico femenino.
Yo estuve pensando, dice ella, *en toda esa historia de su papá. Que culminó en esa parálisis.*
Al plenario sólo van 19 de las 250 personas convocadas. Revocamos la decisión de la cúpula. Ellos volverán a la negociación diciendo que las bases rechazan ese posible acuerdo.
Hago un plano mental del dormitorio nuevo. Coloco los muebles aquí y allá. Los paso todos al living y los pinto. Todos. Los lleno de ropa y de libros.
Tengo todo ordenado.
No hay papel higiénico.
Mauro se da vuelta en el coche para mirarme fijamente.
No veo la hora de mudarme.
Doy dos vueltas en la cama.
Tuvimos la primera pelea, en seis años. A lo mejor nos hemos peleado más veces. Y no me acuerdo.
Dice ella que esto que descubro arroja una nueva luz sobre mí: *hago recortes parcializados de la realidad.*
Seguro que nos hemos peleado, pero antes no lo amaba.
Perdoname por llamarte a esta hora, dice Miguel, *pero se ha quemado todo. Todo lo filmado, dos cámaras de 35mm., la escenografía y el vestuario. No sabemos cómo, se incendió el colectivo.*
Ganamos las elecciones en el gremio. Lloro desconsolada en el baño de Pepito. Llamo a mi papá. Intento hablar a Cuba. Me despierto con el teléfono debajo del estómago, dolorida.
Se pincha otro proyecto.
Me cuesta creer.
Él extiende sus manos para tratar de arrancarme las llaves, me da una cachetada, Mauro se da vuelta en el coche para mirarme fijamente, nos hemos peleado por primera vez en seis años, o no, pero antes no lo amaba como ahora, bajo del avión, Roberto está tuberculoso, Milanés canta un tema de Fito, me ofrecen un protagónico absoluto en cine, no tengo miedo al SIDA, hago recortes parcializados de la realidad, ganamos el gremio, se quema todo en la película, se quemó la película, ¿por qué tiré los discos de los Rollings?, estoy

cansada, ¿lavé la bañera después de ducharme?, debería estudiar un poco más, hago recortes parcializados de la realidad, una y otra vez él me da una cachetada mientras Mauro se da vuelta en el coche para mirarme fijamente, no hay papel higiénico, la película se quema y tenemos la primera pelea en seis años. Pero antes no lo amaba. Y cuando él extiende su mano para tratar de arrancarme las llaves, Mauro, que se da vuelta en el coche para mirarme fijamente, detiene la mano que me dará la cachetada y yo salgo corriendo, libre, hacia un enorme campo que se está incendiando, como en una película que cuenta como se quema mi primer protagónico, y allí está el hospital de donde Roberto se ha escapado mientras yo hacía recortes parcializados de la realidad.

La televisión, de algún modo

Es aquel lugar en el cual entré una vez, y del cual decidí que no saldría nunca más.
Es ese lugar en donde me encanta tomar mate, comer trozos de cremona que compran los técnicos, que siempre termina tiernamente despedazada por los que vamos eligiendo qué parte del pan comer, ya sea esté más tostado o más crudo.
Es ese lugar raro donde raramente se ve el sol, salvo cuando te toca hacer exteriores, que en líneas generales no me gustan. Yo soy un espíritu sedentario, esto de andar de acá para allá en un colectivo me trastorna un poco.
Es ese lugar que me permite vivir haciendo lo que me gusta. Como eso es bastante, siempre la balanza se inclina favorablemente ante los inconvenientes, que no son pocos, a saber:
El terrible, enorme y frágil ego de todos nosotros.
La Radio Pasillo, que funciona constantemente, como si la empresa fuera un país en estado de sitio.
Las eternas discusiones desde hace veinte años con Vestuario y Maquillaje acerca de qué es lo mejor para el personaje y qué no.
La adoración suprema hacia los autores al principio, el disgusto creciente hacia la mitad, el dejar de hacernos problemas hacia el final.
Los odiosos números de rating, que no sé de dónde los sacan, a mí nunca nadie me llamó para preguntarme qué estaba mirando. Salvo los periodistas que te preguntan si te interesa el rating y no creen cuando les digo que me preocupa en la medida en que le preocupe al que me paga el sueldo.
El rating está en la calle, está en la gente que te toca.
Otra cosa a favor y en contra, paradójicamente: la gente que te toca.
No toquen, no toquen, no toquen, no. Grande Charly.
La gente te toca porque vos te metés en su casa sin pedir permiso para hacerlo y entrás todos los días y ellos están esperando que vos entres todos los días porque te aceptaron, porque sos de ellos, y así me fueron tocando como si yo fuera de verdad Rosa, como si yo fuera realmente Renata, como si Felicidad viviera a la vuelta de su casa.
Pero te tocan realmente mucho. Te tocan como no tocan a los ami-

gos, ni a los hijos ni a los cónyuges. Te tocan en demasía, te tocan como vos no tocás a nadie: compulsivamente, examinándote. Como el tipo ese de la perfumería que me metió las manos en el pelo preguntándome si con tanto brushing no se me secaba. Casi le agarro la busarda y le pregunto: *¿no tenés miedo de reventar si seguís comiendo?*

La televisión también es los reportajes, en los que te preguntan siempre lo mismo y una tiene que actuar de que es la primera vez que lo contestás y un día te agarran cruzada y desde entonces tenés fama de loca.

La televisión es aquello que al principio, hace diecinueve años, me dio miedo. Mucho miedo esa cámara que no podía creer me trasladara a tantos lugares distintos, y en donde todavía no había aprendido la técnica y actuaba teatralmente y le tapaba la luz a mis compañeros y barría la pantalla con un gesto y entonces un día, cansada de que me gastaran, cansada de los comentarios tipo *"mucho teatro de sótano, mucho Stanislavsky, pero me tapás la luz"*, me llevé aparte al protagonista y le dije que quería hablar con él.

Sentados los dos en un decorado, tomé aire y de un tirón le solté la siguiente parrafada: *"Mirá, todo lo que vos sabés de la tele, yo lo voy a saber, en un mes, en un año, no importa. Pero estoy acá para saberlo. En cambio, todo lo que yo sé de actuación vos ya no vas a poder aprenderlo, porque es una vida que no viviste, experiencias que no te dignaste transitar, miles de libros que no leíste".*

Crucé los dedos. Él me miró fijamente en silencio durante unos segundos. Después se rió. *"¡Qué brava habías sido!"* fue todo su comentario. Me pasó el brazo por los hombros y nos dirigimos juntos a grabar la otra escena. Y nos hicimos muy amigos.

La televisión te da muchas manos amigas constantemente. El teatro también. Pero la televisión está muy habitada por gente diversa todo el tiempo. Te da manos amigas y te las quita con la misma facilidad con que llegan a vos. *Si querés este nuevo amigo conservalo, hacé el esfuerzo*, parece decirte la televisión. Todo el tiempo tenés que trabajar mucho en televisión. Para hacerte de amigos nuevos y para conservarlos. Y para poner la cara después de una noche de insomnio o con dolor de muelas, maquillada como una puerta y radiante, vestida de fiesta y tomando un horrible brebaje que simula un bourbon, hecho de té, coca cola y agua, a las ocho de la mañana, como si nada.

Y la gente cree que el único problema es saber la letra.

Pero cuando la tele te brinda la oportunidad, muy pocas veces lo hace, de encontrarte con pares, de jugar, de no resignar ninguno de los principios básicos de actuación, y vos ya te hiciste amigo de la cámara y sabés que esa luz que se enciende te traslada a millones de personas, entonces el trabajo es el máximo placer que te ha sido otorgado. Cuando eso sucede, también hay zonas peligrosas. Grabando *Gasoleros* un día desbordé en llanto ante un mínimo problema. Estaba muy presionada y trataba de no pensar en otra cosa que en el trabajo, con lo cual me propiciaba yo misma un lugar de contención, un lugar grato por lo menos la mitad del día. Segundo año de tira, todos muy irritables, todos muy cansados, un incidente, una tontería, palabra va, palabra viene, rompí en llanto.
El llanto venía en espasmos desde el estómago, desde mi centro. Era incontrolable. No podía emitir otro sonido que el llanto. Estábamos en el decorado que me era habitual desde hacía dos meses. Como acorralada, mientras el director, la asistente, Verónica Llinás y China Zorrilla trataban de ayudarme, salí corriendo hacia un lugar seguro. No fui al baño, no fui a los camarines, no me encerré en algún lugar de ese mismo decorado. No.
Yo, María *Felicidad* Fiorentino, me metí en la casa de Mercedes *Roxi* Morán, en donde había construido ese personaje tan feliz durante un año y medio y me derrumbé literalmente sobre la cama de dos plazas del cuarto que permanecía a oscuras. Sí, créanlo. *Me metí en mi casa de ficción.*
Pero la televisión es tan otra cosa, que ni ese lugar era seguro. Me derrumbé literalmente sobre el cuerpo de alguien que dormía en esa cama. Un actor que tenía dos horas y media libres y que despertó a los gritos, debajo de mi cuerpo, mientras yo a mi vez profería alaridos de pavor. Sí, la televisión también es otra cosa.
Es ese lugar donde una vez llegué a reemplazar a una actriz que se había retirado el día anterior de un ciclo que comenzaba. Era un unitario con temas distintos cada semana y con un elenco fijo. Me alcanzaron el libro, lo leí, lo acepté y allí fui. Estaba citada a las siete de la mañana. Me maquillaron, me dieron un camisón y una bata muy sexi y me dirigí al estudio. Allí me encontré con Pepe Novoa, y nos presentamos. La escena era en la cama. Una esposa reclamando atención sexual del marido. Toqueteos con confianza, abrazos, manoseos, beso, consumación, ¡corten!.
Pepe y yo nos miramos. Rompimos a reir. *"¿Quién procesa esta fi-*

cha?", me preguntó Pepe. *"¿Qué profesión es esta que elegimos? Buen día, mucho gusto en conocerte personalmente, vamos a la cama a fingir que hace años que nos conocemos y tenemos dos hijos."*
La televisión es el lugar que a veces te parece una cárcel, otras una fábrica, otras veces (pocas) el útero materno y la mayoría de las veces la televisión parece la televisión, que no se parece a nada.
La televisión es el contrato, que siempre es menor a tus expectativas, es el saber que cada tres meses tenés el revólver en la nuca porque *ellos* te avisan si seguís o no por otros tres meses y en el mejor de los casos es un año y en el inmejorable caso dos, pero al año y medio el agobio te carga ojeras, te carga un personaje, porque si estuviste dos años es porque funcionó y de pronto no ves la hora de sacarte esa mujer de encima, que en mi caso siempre es una mujer que, por hache o por be, *sufre, estoicamente*. Y hay que sufrir estoicamente dos años, varias horas al día, a veces por hombres que no te harían sufrir ni aún pegándote. Y no podés quejarte porque los colegas que no tienen laburo te miran mal y dicen *no te quejés*, y entonces no te quejás. Pero qué ganas de ser otra que tenés. O, mejor dicho, qué ganas de dejar de ser esa y ser vos. Que ya ni sabés quién sos. Ocho o diez horas por día durante dieciocho años vestida como otra y pensando como otra. Dios, Dios, Dios.
Y es también el puerperio.
Terminar un trabajo es el puerperio. Alivio y vacío. Alivio y dolor. Puerperio sin hijo. Esto se terminó, ya vendrá otra cosa. ¿Vendrá otra cosa? ¿Qué vendrá?
Vendrá la televisión.
En algún momento vendrá la televisión, bendita sea. Y volverá el encontrarse con caras nuevas y apostar a que será un éxito y ojalá lo sea y volverá la histeria con los muchachos técnicos, tan lindos en pantalones cortos cuando llega el calorcito. Y las fiestas de cumpleaños compartidas, y el quejarse por los libros y las reuniones de opinión y qué bueno estar trabajando juntos y mañana que es sábado qué hacemos y qué malos vienen los libros y cuándo se termina esta tira que ya no puedo más y *vos que tenés laburo no te quejés, no te quejés, no te quejés.*

Ellas (1999)

Carola dice que después de su divorcio hace como dos años y medio que no tiene sexo, porque cada vez que se le acerca un tipo no puede evitar ver la película posterior.
Yo le digo que yo llamo a eso "la memoria va detrás de lo que viene". Que yo me entiendo.
Ella dice que también me entiende, que es justamente eso.
Beatriz dice que después que se separó de Luis, pasó un tiempo sin sexo, pero no mucho. Y que Carlos, gracias a Dios, es bárbaro. Aunque ella es abuela, y ya está menopáusica, a los cincuenta y dos está disfrutando del sexo como nunca.
Yo digo que me quedé sin cigarrillos, al tiempo que pesco una mirada subrepticia de Adriana, una mirada irónica sobre Beatriz, que a su vez está buscando sus cigarrillos y descubre que tiene el paquete vacío.
Se levanta y sale en busca de tabaco.
Es más viciosa que yo.
Yo le grito que me traiga un paquete, al tiempo que cierra la puerta y yo lanzo una mirada interrogante hacia Adriana.
Esta se inclina hacia nosotras y nos cuenta que Beatriz le ha dicho que está chocha con su consolador.
Carola y yo estallamos en carcajadas.
Adriana prosigue el relato diciendo que el aparato en cuestión se lo regaló el propio Carlos en el último viaje a Buzios, y que le dijo que era para juguetear. Y que ahora Beatriz está pensando en viajar nuevamente este verano a Buzios.
¿Con Carlos?, preguntamos Carola y yo.
No, con el consolador, remata Adriana, divertidísima.
Aunque nos estemos riendo, las dos sabemos que habla en serio.
Yo le digo que estoy implementando, cada tanto, el decir:
"Si no tengo sexo pronto, me tendrán que colgar de un árbol", porque una vez que lo dije apareció, como salido de una lámpara de Aladino, un amante extraordinario.
¿Cómo lo dijiste?, pregunta Adriana.
De verdad, le contesto yo, en ese momento era de verdad. No lo dije,

lo pensé en la profundidad de mi cabeza, en mitad de un ensayo. Y horas después, yo estaba presentando un libro de poemas y en el bar me dijeron que me buscaban por teléfono y era el tipo, que se había enterado del evento por una gacetilla y me llamaba para hacerme una "propuesta de trabajo".
¿Lo conocías? pregunta Carola.
De vista, nada más. El tipo había ido a ver un ensayo y en la oscuridad se veía un poco de su cabeza y pregunté quién era el desconocido y me dijeron que era Fulano de Tal y noté que me miraba. Y se ve que de verdad me miraba, porque buscó ese teléfono y me llamó.
Ese tipo era un amante brutal y me escribía unos poemas gloriosos.
El tipo me escribía:

"... y será parís porque quizás las hembras como vos o como ella
tengan en común
el color de la noche y los olores graves que aceleran la sangre.
(...) y la avenida córdoba se hacía una herida abierta y negra
y el café una codiciosa sensación del futuro,
(...)
allí
le ciel bleu est sur nos chemins
pensando yo
que en tu lengua pies uñas sangre vibración último lugar orgasmo
entrame
pensando yo
que en tu alma si la hay silencio boca mano penúltimo lugar del
agua en tu frente
pensando yo
te cojo te cojo te cojo te cojo te cojo te cojo te amo
estaba parís ahí
o aquella otra sensación temblorosa de descubrirte
bajo las luces de unas velas
que prometieron arder en la madrugada
donde los dos
-como a dos ciudades-
nos tomamos por asalto sin pensar jamás en la derrota."

Las chicas me miran.
¿Dónde está?, preguntan casi a coro.
En París, por supuesto. Y cuando fui a París, me hice el propósito de buscarlo en guía y telefonearle, pero tenía sólo 48 horas, quería pa-

sear, tenía miedo de encontrarme con un gordo. Tenía cierta tendencia a entrar en carnes.
Rompemos a cagarnos de risa.
Bueno, digo yo, estábamos en eso, en que dije me van a tener que colgar de un árbol si no tengo sexo pronto y apareció él, con sexo y con poemas. Pero ahora lo repito y no pasa nada.
Será, dice Carola, que no sentís de verdad que te van a tener que colgar de un árbol.
Será, digo yo, que tengo trece años más, boluda.
En ese momento entra Beatriz con los paquetes varios de cigarrillos y pregunta de qué estábamos hablando.
De consoladores, dice Carola, y Adriana la mira indignada.
Pero Beatriz no se inmuta y pasa a describir su juguete, fascinada.
Vos, me dice, vos deberías tener uno, porque viajás mucho.
Se supone que en los viajes conocerás tipos, le digo yo.
¿Y si no conocés ninguno?, sugiere Beatriz. Por eso te digo, siempre es una compañía.
Nos cagamos de risa y comenzamos a evaluar los pro y los contra del aparato, y los distintos precios.
Son muy caros, digo yo, lo sé porque visité un sex-shop para una nota que escribí. Vi catálogos, hay de todo tipo y color, a todos los llaman *"el amigazo"*. Pero yo no me puedo comprar uno aunque quisiera. Y vos tampoco, le comento a Adriana.
¿Por qué?, pregunta ella.
Porque somos personas conocidas. En dos minutos estamos en una revista de chismes, le contesto.
Adriana hace con las manos un gesto ampuloso. Foto, dice, nosotras dos en un estreno y el titular*: " Muy contentas se las vio a fulana y zutana. Se sabe que han adquirido dos amigazos en un sex shop del Once, a precios más que módicos"*
Por eso, boluda, le digo yo. Beatriz interviene: ¿Y la tarjeta de crédito?
Está a mi nombre, contesto. La mina que me toma el pedido llama al quía este que se gana la vida hablando de nuestras intimidades y pequeñas miserias: *"Llamó fulana pidiendo un amigazo. Parece que no es golosa. Quiere de uno de catorce centímetros"*
Voy cash, dice Adriana, vamos cash, hace mucho que no hago televisión, me prestás tu peluca y voy cash. Cualquier cosa con tal de no atenderle más el teléfono a ese hijo de puta y terminar diciéndole, "bueno, vení".

Ah, interviene Carola, pero vos estás como querés. Será un hijo de puta pero te llama por teléfono y va.
A cagarme la vida viene, dice Adriana.
No seas injusta, dice Carola, a cojerte también.
Beatriz se levanta al tiempo que me advierte que me abrirá la heladera para sacar otro champán.
Yo le aviso que no se confunda al descorchar, porque alguien en la última fiesta trajo rosé, y no sé qué hacer con él, salvo tenerlo en la heladera haciendo bulto.
Bulto, dice Carola, cuanto hace que no veo esa palabra.
Y como por supuesto nos reímos como locas, Adriana pregunta de qué nos reímos, que realmente la situación es trágica.
No para vos, le digo yo, vos tenés un bulto, hijo de puta pero bulto al fin.
Sí, pero éste tipo, dice Carola, parece que es muy contradictorio.
¿Por qué?, pregunto yo.
Porque es un tipo de esquivar el bulto.
El champán nos hace reir. O la palabra bulto en sus múltiples acepciones. O la ausencia de él.
Pero nos reímos, cuánto más que hace tantos años.
Cuánto más grandes estamos y cuánto mejor. Todas tenemos nuestra casa. La mayoría tiene hijos, y una profesión. Todas estamos separadas. Y todas tenemos historias que contarnos acerca de hombres que nos han amado y hombres que nos han hecho mal. Y a los que les hemos hecho mal. Y todas podemos reirnos de eso y aceptar la vida tal cual es, que no es mala, no señor.
Beatriz regresa con champán helado y unos sandwiches de miga.
Dice que es muy tarde para ella, que los nietos la deben estar esperando y que su mamá (y acá todo lo que siempre dice sobre su mamá que es larguísimo) saluda y se va para su casa. No sin antes tomar la última copita y buscar por todas partes las llaves del auto. Que por supuesto tiene en el bolsillo.
Yo le pregunto a Carola si no cree que la madre de Beatriz es eterna.
Así, es, dice Carola, ese discurso acerca de la madre cada vez que se va.
Pausa.
Silencio.
Adriana dice: cada vez está más parecida a la madre.
Todas asentimos en silencio y luego yo pregunto: ¿cuál de nosotras?
Y volvemos a reir.
Adriana pregunta si no me llamó el tipo. Siempre hay un tipo que no

te llamó. O que te llamó diciéndote que te va a volver a llamar. Y luego esquiva el bulto.
El bulto. El hombre. Aquel placer. Aquel dolor. Aquel encuentro químico. Aquella separación física. Aquella horfandad del espíritu.
Viernes a la noche.
Adriana abrió la cama del estudio y buscó una camiseta en mi placard. Cuando nos asomemos estará dormida.
Hoy la hija está con su ex marido.
Carola ha dejado sus hijos con sus padres y dice que deberá partir, ya que si no será objeto de reproches. Por parte de sus hijos. Y de sus padres.
Yo guardo la botella con un tapón hermético. Vacío los ceniceros. Abro una hendija de ventana en el estudio donde Adriana yace desmayada, abrazada a la almohada.
Carola me ayuda a lavar los vasos y parte.
Yo me pongo los anteojos antes de acostarme con el maquillaje puesto, sabiendo que mañana me reprocharé por hacerlo y que seguramente me quedaré dormida antes de llegar a la segunda página del libro de Auster.
Una noche más.

Clase de teatro

*"...los que lo son, los que lo fueron antes,
los que por suerte tienen de estudiantes
para toda la vida el corazón"*
Marcha del Estudiante

Alguna vez yo también fui joven, tan joven que ya no lo recordaba. Tengo frío a pesar de la estufa y el abrigo que no puedo sacarme porque dormí mal, y pese a eso trato de disimular, sabiendo, ya lo sé, que en breve estaré cargada de adrenalina, según la adrenalina que traigan ellos o que yo trate de inyectarles. Vampiros, eso es lo que son, vampiros. Si supieran cuánto esfuerzo me demanda el hacer chist! a cada rato. Cómo hablan.
No, no es así, mi amor. Quedate quieta, así como estás. ¡Quieta! Fijate en tu cuerpo. Quién puede estar sentado así.
Los otros estallan en carcajadas, ella se sonroja, pero no importa, espero que entienda. Se va afuera, me siento en el sillón como ella lo hacía, la hago ver. Lo que yo, lo que todos vimos. Va a entender.
Nadie sentado así puede fluir, nadie sentado así deja liberado el plexo solar, nadie así puede actuar bien. El teatro es una mirada sobre la conducta humana, bla, bla, bla.
Alguna vez yo también fui tan joven, que ya no lo recordaba.
Esta otra se puso una boina roja para la improvisación, trajo candelabros, maquillaje, copas, ropa, todo para la improvisación. Ella trabajó.
Ah, qué bueno. Eso me calienta como maestra. Me gusta que trabajen, que se enamorisqueen, que se enojen cuando les digo que algo está mal. Si les sirve de desafío, si pueden reflexionar acerca de ello, si pueden crecer a partir de la reflexión, si pueden convertirse en actores... Actitud frente al trabajo, pegar la data que les tiro, registrar la data antes, claro está...
Yo tenía veinte años, como ellos, tenía veinte años... ¿Quieren mi sangre, mis genes, quieren todo servido, qué quieren?
No, dice él en este momento, no me estás escuchando, me parece que no me estás entendiendo.
Qué contenta me pone que trabajen con lo que tienen adelante, que

no inventen lo que no ven. Ella no lo está escuchando, ella se está comiendo la improvisación anterior, la está repitiendo, no le va a gustar haberse equivocado porque es muy trabajadora, no le va a gustar haberse equivocado. Pero va a entender.
¿Qué viaje emprendí a los veinte años? ¿Uno que me trajo a este lugar, rodeada de estos vampiros disfrazados de hombres y mujeres? Alguna vez yo también fui tan joven que ellos me lo hacen recordar ahora...
Chiche se cambia ni bien llega. Noelia no sabe si tiene que hablar algo en el break con sus compañeras y prefiere pasar después, *todos llegan inseguros, qué mierda hacen durante la semana, creen que les voy a solucionar todo, mejor doy el break ahora...*
Durante el break fumo, hablo con todos y cada uno, me encanta que quieran hablar de teatro durante el descanso, no quiero que descansen, si no descanso yo. Los amo tanto, me han brindado esa posibilidad de transmitir, y también los odio tanto cuando no se rompen el culo, cuando no quieren aprender.
Actitud, concentración, eso antes que talento es lo que tiene que tener un actor... *Creen que llorar, que lograr emocionarse es todo, es lo máximo que puede obtener un actor. Que lo crean, qué me importa, con tal que obtengan algo auténtico.* **Jugar**, *quisiera decirles, les digo, es simplemente* **jugar**. *Pero ¿cuántas personas conservan intacta la capacidad de juego? Mientras, en mi cabeza anoto: si es necesario obligarles a leer, los obligaré, qué mierda.*
Terminó el break, atención todos, cómprense el libro Preparación del actor. Si quieren destruir algo, conózcanlo primero, estudien, qué joder. *Que se aburran, qué mierda.*
Y acomodan las sillas y los adornos que no van a usar, ponen un teléfono y flores y almohadones y los puteo literalmente.
Basta ya de decorar, basta ya de perder tiempo en colocar objetos que no cumplen una función dramática. Qué odio le tengo a la escenografía. Si sacás un revólver en el primer acto, disparalo en el segundo, lo he dicho hasta hartarme de decirlo... Como aquellos rusos que trajeron un espectáculo donde había más de cincuenta fusiles en el escenario. ¿Pueden creer que se remitieron a discutir teoría durante tres horas de espectáculo y no tocaron ni un fusil? Hay que joderse. Después las críticas hablaban de "imponente disposición escenográfica". Me tienen harta. Sí, ustedes también me tienen harta, como los críticos. Pero los quiero, pedazos de inútiles. Talentosos.

No se me agranden que los cago a patadas. Les ayudo a vaciar el ámbito y por más vacío que quede, he ahí dos sillones y un baúl oficiando de mesita. He ahí un living. ¿No se les ocurre ningún putísimo lugar que no sea un living? Clavan el culo en los sillones y no hay Dios que los mueva de ahí. Por favor aceleren la imaginación.

Ahí hay tres que la aceleraron. Se les acaba de ocurrir una parada de colectivos. Al fin de la improvisación, pregunto lo elemental. ¿Desde qué dirección viene el colectivo? Tres manos se alzan, señalando las tres en distintas direcciones. Me acerco con la mano extendida como si les fuera a pegar y los tres, un chico de veinte, una de veintidós y una de sesenta y dos se ríen atajándose. ¿Cómo se puede hacer algo coherente si cada uno espera un colectivo distinto? Pero cuando vuelan así, los amo, cuando se arrojan a la pileta vacía viajando en la búsqueda y se asustan, los adoro. Como esas dos que armaron un baño público hasta con graffittis hechos en computadora. Tuvieron la osadía y el coraje de hacer que cagaban y apenas empezaron a relacionarse desapareció el baño. Estaban en un living. O, mejor aún, en una parada de colectivos sin esperar ninguno.

Alguna vez yo también fui tan joven. Tan joven que ya no lo recordaba. Salía de las clases de teatro con las clases puestas, no vivía para otra cosa que para estudiar. Yo sabía que la única manera de actuar era estudiar de qué se trataba.

La escalera que subía a la parte alta del dúplex de la Negra Ángela.
La escalera que llevaba a la salita del Topo Raimondi.
La escalera que subía a lo de Alezzo.

Los bolsos cargados de ropa y utilería, la adrenalina, el placer de poder conectarse con otro en una ficción, un juego. Todavía hoy cuando veo a Ingrid actuando, recuerdo lo jovencita que era ella, los sandwiches sellados que nos comíamos en la esquina de Tucumán y Paraná antes y después.

El curso de dirección los sábados. Brecht y la Fabel. Y el Topo preguntaba ¿cuál es la Fabel? Y yo tenía miedo de equivocarme al haber elegido la Fabel. La esencia, el nudo dramático. ¿Qué carajo era la Fabel? Pero yo la buscaba.

La buscaba por Corrientes, como en el tango la buscan a Titina. Y no la podía encontrar.

La Fabel. El objetivo. La unidad de opuestos. El conflicto central, los antecedentes inmediatos, las circunstancias dadas, de dónde vengo, a qué vengo, para qué vengo. Y éstos se creen que es soplar y hacer botellas.

Sí, por favor, tocale el culo, tocale el culo. Bueno, al fin algo.
Una acción es una acción, es un impulso interno. Ustedes pueden estar parados, simplemente esperando, quietos, pero hay una acción: están esperando. Tienen que saber a quién esperan, por qué lo esperan, y para qué. Por favor no mirar la hora para demostrarme que están esperando, sobre todo si no tienen reloj. ¡Me cago! ¿Quién mira la hora en una muñeca pelada?
Y todos se me aproximan a la salida y nos vamos a comer una pizza y ellos no se imaginan lo feliz que estoy.
Aquí estoy, rodeada de ellos, ellos que son tan jóvenes como lo fui yo. Yo, que ahora he logrado una síntesis del conocimiento gracias a ellos, pero no quiero obtener sólo eso. Ellos me pagan para aprender a actuar. Yo quiero que aprendan.
Actuar es lo más maravilloso del mundo. Es lo mejor que me ha sido dado. Durante cuatro, o seis, o doce, o una hora y media, o lo que sea, yo transito las vidas de otras personas, me relaciono con gente que conozco pero que también son otras personas en ese momento, y nos abrazamos llorando y nos decimos cosas al oído y reímos simultáneamente.
¿Ustedes creen por casualidad que lo que me trajo a este momento en que vienen para aprender de mí, es mi mayor o menor talento? No, queridos míos, es una vida que viví trabajando, estudiando, leyendo, escuchando música, viendo muestras en museos, metiéndome en lugares extrañísimos, no dejando pasar la vida por el costado ni un minuto. Y ustedes llegan a veces como si la semana fuera para otra cosa, y ustedes pudieran actuar mañana en un teatro por lo que hacen tres horas por semana. Eso cuando hacen algo. ¿Creen que los miro y van a poder actuar? No agarran un solo libro, no leen ni el diario, chatean, les pregunto por poetas, ya les dije ni Bécquer, ni Neruda ni Benedetti, que al que no conocen por el colegio lo conocen por los pósters. Se me leen todos "Cartas a un joven poeta" de Rainer María Rilke. Espero preguntas. *Silencio. Pausa silenciosa. Más silencio.*
¿No tienen ninguna pregunta qué hacer? Por lo menos la temperatura, la humedad, no sé. Esperan respuestas. Las respuestas no son lo que ha movido el mundo, sino las preguntas correctas en el momento indicado. Me desesperan, *(exagero)*, no puede ser que sean tan incultos *(en líneas generales no exagero)*. Por favor, pónganse media pila, no digo una, media por lo menos. La próxima vez que yo

pida opinión sobre el ejercicio que acaban de ver y escuche este silencio, levanto la clase. La opinión es parte del trabajo. Viejo, tienen que formarse un criterio, porque si no cuando van a ver un bodrio al cine o al teatro y vienen y me dicen que es maravilloso me quiero llamar a retiro.
Reflexiones, no cosas del tipo "me gustó" o "qué graciosa estaba Chiche con la peluca".
Claro, ahora que lo digo, me doy cuenta de que el silencio se debe a que los únicos que arriesgan opinión son los que están aquí haciendo ejercicio. Sólo ustedes opinan *(modestas sonrisas de satisfacción en los dos alumnos aludidos. Que se sonrían que se han ganado la sonrisa, qué mierda, si a los otros no les gusta mejor para ellos, mejor que no les guste. Capaz la próxima vez opinan)*
Pero aprendo, aprendo, aprendo. Aprendo todo lo que no sabía que sabía, lo sintetizo, reflexiono. Estudio. Yo estudio más que ellos. Yo quiero aprender más, más, mucho más.
Clases de teatro. Algunos toman clases de teatro como tomarían clases de ikebana. Me los imagino: "actualmente estoy haciendo un curso de teatro con María Fiorentino, y el mes pasado empecé también un curso de computación pero ahora me gustaría estudiar portugués, no sé, me entusiasma".
A esos los desaliento. Rápidamente. De aquí a la televisión, piensan algunos. Otros piensan que pronto van a poder hacer un casting. Un casting de ilusos. Uno me preguntó como me enteraba de los casting yo cuando recién empezaba. Cuando yo empecé no había casting, o yo no me enteraba. Había lo que llamábamos "hacer pasillo y dejar fotos" y "te llamaremos". Y había sobre todo teatro, mucho teatro, mucho escenario alternativo donde subirse después de clavar tachuelas y coser ropas e inventar la manera más económica de producir una obra con quince integrantes de cooperativa teatral. Y yo siempre era la delegada, y me sentía tan feliz, era como una prolongación de mi vida anterior, de cuando no vivía esta vida que ya era mía antes de que yo misma existiera.
Alguna vez yo también fui joven, tan joven como ya no lo recordaba. Tan joven como me lo hace recordar ahora ella, que está actuando y se da cuenta y tiene los ojos brillantes y las mejillas encendidas y se siente feliz. O esa otra flaca que es tan poderosa. O ese otro que me discutía todo, y que de pronto un día se levantó con una violencia inusitada, y quería ahorcar a otro, pero estaba actuando, no había

peligro, estaba actuando y era tan verdaderamente amenazante que todos hicieron un repentino silencio y luego rompieron en un aplauso cerrado. No les permito los aplausos, pero qué lindo fue...
No hay nada comparable, quizás sólo actuar en un personaje que me rompa el corazón de piedad... Pero cuando ellos pueden, cuando ellos pueden por fin es como un orgasmo... no hay nada comparable. Nada, excepto un hombre a quien amar.
No, pará, pará, qué hacés, adónde vas. Tu cuerpo habla. Escuchalo. Si deambula, no es independiente de vos, vos lo hacés deambular sin intención, porque vos no tenés intención alguna. ¿Está claro?
Sí, a veces dicen que sí con la cabeza, asienten en silencio y yo me doy cuenta que no entienden. Es tanto más sencillo de lo que creen ahora, a meses de empezar. Y tanto más complicado de lo que les parece al principio.
Si no estás dotado hay que trabajar, y si estás dotado tenés la sacrosanta obligación de trabajar mucho más que si no estás dotado. ¿Entendés, entienden?
Silencio. Silencio absoluto. Una mano que se levanta, al fin. Una pregunta. Las preguntas mueven al mundo y yo me pregunto hasta qué edad seguiré preguntándome con esta tozudez mientras ellos se empeñan en escuchar mis aseveraciones como si no fueran preguntas sino aseveraciones. Yo las hago parecer aseveraciones.
Alguna vez yo también fui joven, tan joven que ya no lo recordaba. Benditos sean, benditos todos ellos... aún los que nunca actuarán, aún los que nunca se animarán a enfrentarse con el vacío de la actuación y con el vacío de la profesión. Porque gracias a ellos he redescubierto mi juventud, he descubierto hacia donde me llevaba mi juventud.
Con la boina colorada y brillante, la minifalda azul, las medias azules, los zapatos azules, parada en la puerta de ese teatro en Rosario, congelada de frío, esperando que él saliera, convencida de que él era como el Mesías, el que podía darle el puntapié inicial a la pelota y comenzar el partido. Y yo era tan joven, tenía veintidós años, seguramente se notaba lo jovencísima que yo era, hasta decía con toda seguridad que no y todo. No es posible haber sido tan joven y no haberse dado cuenta de ello. Cómo es posible que yo haya sido tan joven y tan linda, parada en la puerta de un teatro congelándome dentro de una minifalda.
Y ni siquiera me acuerdo de si estaba gorda o flaca el día que me

congelaba con la boina colorada en la puerta de un teatro. Pero tenía veintidós años.
Tenía veintidós años y creía que jamás los volvería a tener. Y no los volví a tener. Tengo esta edad, en la que me doy cuenta de que tuve veintidós sin saberlo. Tenía veintidós años. Y seguramente lo real es lo único que recuerdo ahora.
El viaje que emprendí esa noche, en que inventé una cena con las compañeras del supermercado con pretensiones en donde yo trabajaba, para pararme en la puerta del teatro Olimpo y esperarlo a él, él que salía del teatro y me miraba como si me conociera de toda la vida y yo que me adelantaba hacia él imbuida de esa pasión que te acompaña e ilumina toda la vida. Y si no, no.
Y ahora me veo caminando con él por la calle y explicándole que yo quiero estudiar, que yo quiero ser actriz, y me veo poniéndome a llorar irremediablemente mientras tiritan mis piernas hermosas y jóvenes y me pongo a temblar de emoción y a llorar, mientras seguramente sin saberlo entonces, el llanto era el síntoma del vértigo que me provocaba saber que ese viaje me iba a conducir, de alguna manera, a esta escala, escala en donde los miro temblar de emoción, jóvenes, y me veo a mí misma, tan joven como no lo recordaba, y tan joven como soy ahora, más joven aún, mirando a una morena con la boina colorada caminando por la calle Corrientes de Rosario, con él, hablándole, explicándole, diciéndole, interrogando.
Yo, eligiendo.
Yo caminando, desde la puerta de un teatro hacia la vida.
Un paisaje que es, casi, como una partida de nacimiento.

FOTOGRAFÍAS

En lo concerniente a la imagen fotográfica cabría considerar que la misma sólo adquiere su valor pleno con el paso del tiempo. Dicho de otro modo, es imposible separar al referente de lo que es en sí la foto.
Y de aquí, al cabo, la deducción de Barthes:
la esencia de la fotografía es precisamente esa obstinación del referente de estar siempre ahí.
Pues de lo que se trata es de extraer de la memoria, a través de la fotografía, la presencia, el retorno del ser en un tiempo pasado a fin de someterse al placer de la nostalgia.

> Extracto del prólogo de
> Joaquim Sala-Sanahuja
> a "La Cámara Lúcida"
> de Roland Barthes.

Foto familiar

A los costados, canteros con el césped cuidadosamente recortado.
Al fondo, el pie de un mástil sin bandera en la plaza de un pueblo.
Un hombre moreno, de camisa blanca, las mangas dobladas hasta el codo.
Sostiene a una niña de la mano.
La niña, rulos y ojos grandes, rulos y ojos oscuros, tiene la boca levemente asombrada, el ceño levemente fruncido.
Viste una solera blanca, almidonada, con volados como pequeñas alitas bordadas sobre los hombros pequeños.
Tiene una trompetita en la mano izquierda.
Esa niña es ella y le cuesta reconocerse.
Ese hombre es su padre, ese hombre joven.
Se pregunta si habrá tenido muchos acercamientos reales con él.
Piensa que siempre lo amó sin ningún porqué evidente y con todos.
Siente, además, todas las dudas, los pudores y los desconocimientos del amor.
Esa niña, alguna vez, se nombró frente a un espejo. Comenzaba así a tratar de reconocerse. Verse desde afuera.
Esa niña, mucho antes, fue el sueño de ese hombre joven que le cuesta reconocer como su padre y que hoy, desde una fotografía de doce por dieciocho, con los bordes festoneados en picos, le devuelve una imagen en blanco y negro de lo más parecido a la felicidad.

Primera fotografía de Mauro

Un gesto tan sencillo:
miró hacia el frente y detuvo la mano en el aire a punto de encender
un cigarrillo.
Procedimientos por mí desconocidos lo llevaron todo a ese papel color
desde el cual yo, que me veo a su costado izquierdo, me sonrío:
otro gesto sencillo.
Perversión de la cámara, ese objeto que todo detiene a perpetuidad,
lo dejó allí, detrás de un parche blanco para el ojo dañado y los lentes
oscuros mirándome. Mirándome.
Haciendo gala de toda su paciencia, esperando quedó Mauro que está
en Cuba,
que yo desde este lado del papel
en la Argentina,
yo acá afuera deje de verme reir por el rabillo, cuando lo miro a él.
Cuando lo miro sólo a él, que ahora está en Cuba, sin poder dormir
desde hace meses.
Porque no lo dejaré.
Lo miro sólo a él que me mira a su vez,
que me mira tan fijo esperando que yo me vaya al fin de Cuba y de su
papel color en la mesa tablero,
donde escribe y me mira y se ve a punto de encender un cigarrillo.
Se ve cuando me mira sólo a mí, que le sonrío, se ve por el rabillo.
Y se pone impaciente Mauro en Cuba porque lo miro a él y le sonrío.
Lo miro sólo a él,
que haciendo gala de toda su paciencia, aquí en la Argentina,
sobre la cómoda azul me mira fijo esperando que yo apague la luz,
que al fin me duerma,
para poder en Cuba encender el cigarrillo.

Noviembre en Belgrado

*A la memoria de
Adrián Ghío*

Es la Knez Mihailova, en Belgrado. Esta peatonal por la que ando acaba de inaugurarse. Hace veinte días que una gran fuente de mármol, blanca e impoluta, se yergue entre tanta edificación gris, a salvo aún del hollín, como testimonio de algo nuevo en la ciudad.
En esta misma calle está Art Film, la productora de cine. Sophía, la secretaria, me permite robar una llamada telefónica a París, para arreglar que me esperen. Me sirve un café delicioso. Insiste en que me quite las pesadas botas por un instante, para que descanse los pies junto al aire caliente que sale por la boca del equipo que transforma en veraniega la oficina. Ahora busca un "trago fuerte".
Miro mis botas manchadas, grandes. Están vacías junto al sillón. Pienso que hace ocho años que marchan debajo de mí. Con ellas pisé por primera vez la nieve de los Andes. Me acuerdo de Olga Orozco:

> "*botines de trinchera, inermes en la batalla del vendaval y el alma;*
> *han girado contigo en todas las vorágines del cielo.*
> *son botines de adiós, de siempre y nunca, de hambriento funeral*
> *dejan caer a lentas sacudidas el balance de polvo tormentoso adherido a sus suelas*"

Es el momento en que vuelvo a odiar no saber otro idioma que el mío. Quisiera poder transmitirle esto a Sophía, quisiera saber si le gusta Van Gogh, si le gusta su "Botines con lazos".
Llevo diecisiete días hablando inglés, italiano y hasta serbocroata, sin saber ninguno de los tres, pero me las arreglo. Con Sophía, sin intérprete alguno, hemos hablado de Tito, Perón, Eva, Isabelita, la dictadura, la inflación, la moda, los hombres, la homosexualidad y la droga. Hemos hablado de lo solas que nos sentimos ambas, de lo poco que cobra por todo lo que hace, de qué afortunada profesión la mía, que al menos me permite sorpresas como ésta: filmar en un set en Yugosla-

via el interior de un prostíbulo boquense.
Pero no puedo recitarle a la Orozco. No puedo hablarle de mis botas vacías.
El vodka que trae es buenísimo.
Sophía me dice que estuvo pensando que lamenta no hablar español, porque presiente que ambas podríamos dialogar durante horas.
Bebemos otra copa. Silencio.
Rompemos a reir, medio borrachitas, y si Sophía hablara español o yo inglés, cualquiera de las dos podría empezar a decir: "Hermana querida, como te quiero".
Ahora Sophía se las ingenia para que yo entienda que ella me regalará un rollo de película en blanco y negro, porque sabe que me gusta, para que yo salga a fotografiar la peatonal, antes de que caiga la noche. Ella tiene que seguir trabajando.
Grandota, rubia, sonrosada, inteligente y trabajadora como seis mujeres capaces todas juntas, Sophía me sirve un tercer vodka, me ayuda a enlazar mis botas y me despide, no sin antes colocar el rollo en mi cámara.
Salgo a la calle. Son las dos de la tarde. Aún no almorcé y dentro de cuarenta minutos se irá la luz de Belgrado.
Tengo los tragos encima, que sobrenadan con tranquilidad sobre el desayuno de las nueve treinta, pleno de colesterol y harinas. No tengo miedo de marearme. Pero camino muy despacio por la peatonal.
Y lo veo. Está sentado al borde de la calle. Tiene botas de lluvia, unos viejos pantalones de corderoy, un buzo con una palabra inglesa, un saco de cuero negro demasiado grande para él. Con una guitarra de juguete a la que le falta una cuerda, que imita a una eléctrica, ejecuta un rasguido monótono y recibe algunas monedas.
Y ese pelo negro. Y esos ojos. Un cabecita negra en la Knez Mihailova.
Me detengo a observarlo. Lucho contra la necesidad de fotografiarlo, porque me invade un extraño pudor de estar robando algo si lo hago.
Parece de Lanús. O de Mataderos.
Me acerco, y por señas le pido permiso para hacerle una foto. Asiente. Le doy unos dinares. Él sonríe y yo obturo. Vuelvo a obturar cuando se pone serio. Miro hacia la izquierda instintivamente y veo un periodista gráfico local registrando paso a paso mi foto. Inclusive me toma una cuando lo miro. Me sonríe. Entre desafiante y ofendido.
A todas luces soy una turista. Seguramente en su imaginario, una

turista con muchos dólares tomando testimonio de la pobreza en la que vive su pueblo. Me sonríe con el mismo desafío y la misma vieja humillación que me invaden cuando veo gringos por Florida, comprando cuero y tomando fotos.

Me quedo mirándolo unos segundos. Él permanece con la cámara baja, inmóvil, viva. De pronta da media vuelta y se va en dirección contraria. Yo me doy la vuelta, súbitamente avergonzada, y también me voy.

Durante todo el camino de regreso al hotel, una sensación de pesar se instala en mi estómago, dando vía libre al vodka de Sophía.

Llego al hotel y pido un café. Allí están los otros, los que hoy tampoco han filmado. Arman un rompecabezas gigante, cosa que siempre me pone los nervios de punta, como las comedias de enredo. Yo quiero soluciones rápidas, y en ambos casos es imposible.

De manera que me tiro en un sillón del lobby y leo diarios que no entiendo hasta que se me cierran los ojos.

El rollo quedó en la maleta de Osvaldo. Osvaldo se fue a Madrid. Allí le dio el rollo a Adrián, que iba a Munich. Este se lo dio a Jorge, que después de Checoslovaquia volvía a Buenos Aires. Lo di por perdido seis meses. Ayer, la ex-esposa de Jorge encontró un paquete de fotos reveladas que supuso eran mías porque yo estaba en un par de ellas y porque no eran fotos en color.

Ahora el niño está frente a mí, junto a la máquina de escribir. Me sonríe. Después se pone serio. Y así, siempre que miro las fotos.

Me recuerda ese instante en la oficina con Sophía, mis botas viejas, el poema de Olga Orozco. Me recuerda la ternura que me sobrevino al descubrirlo como algo familiar y querido. Y desamparado. El pudor que me provocó fotografiarlo, la vergüenza que me invadió cuando alguien fotografió mi fotografía.

Pienso que ahora alguien tiene esas fotos que me tomó en su mesa de trabajo.

Pienso que las mira.

Y no sé qué ve.

No sé qué sensaciones en cadena despiertan esas imágenes que están siempre ahí. Una mujer con pantalones rojos y pieles negras que fotografía a un niño pobre a cambio de monedas. Y a la que no le gusta verse sorprendida.

Pienso que en este momento en que escribo está amaneciendo en Belgrado.

Que pasarán muchos amaneceres antes que los seres humanos en-

tendamos todas las cosas que nos unen en contra de las que nos separan.
Y el niño -una y otra vez- me sonríe.
Y luego se pone serio.

París es como andar por Corrientes

A Mauricio Dayub, por esos días

Y París fue París la noche que llegamos desde Belgrado con el Turquito y dejamos las valijas para internarnos en la Rue St. Andre des Arts.
Ah, sí, nos internábamos, esa era la sensación, en St. Germain des pres.
Caminamos mudos y absortos, señalándonos mutuamente las comidas que veíamos en las vidrieras, comprando un pancho y un paquete de papas fritas para compartirlos, hasta que vimos una foto de Gardel en un negocio.
Entonces, el Turquito se paró en medio de la callejuela y gritó: *"¡Estoy anclao, decía ese hijo de puta! ¡Anclao, decía el caradura!"*
Y nos reíamos. Gastamos una fortuna en una trattoría por una ensaladita y una omelette, pero todo era nuevo, hermoso, desconocido, irrepetible. El Turquito miraba hacia la calle y nos atragantábamos de la risa, como chicos, porque él señalaba a la gente y me decía: *"Mirá, pobres, viven en París"*

Una mujer de Rosario y un hombre de Entre Ríos. Por primera vez cruzando el charco, volviendo de filmar del Tercer Mundo europeo. París gracias al trabajo. No nos conocíamos antes de la película. Terminamos compartiendo la habitación del Hotel D'Harcourt (con petit déjeuner) porque nos salía más barato. En París empezamos a cuidar y a contar las monedas cuando nos dimos cuenta que tenían valor.

La empleada de la recepción fue la que lo sugirió cuando nos vio los ojos abiertos ante los precios individuales, con baño completo, teniendo en cuenta que, como argentinos que éramos, pretendíamos bañarnos todos los días.
Primero nos sentimos ofendidos ante el ofrecimiento de la habitación matrimonial. No nos alcanzaba el idioma, no encontrábamos la mane-

ra de explicarle que no éramos pareja. Nos señalamos los dedos anulares vacíos, hacíamos gestos de rotunda separación. Después de dejar las valijas intentamos, por separado, una excursión en los hoteles de la zona. Y volvimos descorazonados. O no había lugar o eran muy caros. Finalmente accedimos a ver la habitación, mientras la francesa se encogía de hombros indiferente y pasaba de eso al asombro. Me di vuelta, seguí la dirección de su mirada y entendí. Apenas salimos de Belgrado, el Turquito y yo nos habíamos olvidado de la tonsura que éste tenía. El curita ingenuo y enamorado de la prostituta había quedado en Yugoslavia, colgado de la percha junto con la sotana. Pero el pelo no crece con rapidez.
Tomamos la habitación después de pedir que cambiaran la cama grande por dos camitas.
Antes lo sopesamos, lo discutimos y nos comprometimos a no depender el uno del otro, a salir juntos únicamente de noche.
Y cada mañana en el desayuno, o si nos topábamos en el hall, el negro de turno nos guiñaba un ojo, como si hubiera atendido a muchos curas que compartían habitación con una mujer.

Y todas las noches era una historia larguísima: quién iba al baño primero y quién se acostaba cuando el otro se daba vuelta y luego charlábamos desde camas contiguas, mirando la televisión y jugando a reemplazar a los que veíamos actuando por colegas nuestros argentinos.
A veces parecíamos amigos de toda la vida. Pero la mayoría de los días nuestro real desconocimiento se acentuaba. Creo que él se decía una vez que tenía que tirarse un lance para no pasar por estúpido, y otra vez que si no lo había hecho antes porqué lo tenía que hacer ahora. Una y otra vez. La verdad de lo que creo: que los dos teníamos miedo de estar solos en París.

El Turquito llegaba al atardecer y me encontraba tomando una cerveza y mirando televisión, descansando los pies helados de caminar todo el día.
O viceversa.
Y estuviera o llegara, me decía siempre lo mismo: *"Y qué querés, negrita, qué le voy a hacer, estoy anclao..."*

Una mañana particularmente helada y la tumba de Napoleón. Allí es-

taba yo, cruzando el Bvard. De la Tour-Maubourg, exponiéndome al viento, a las 8 de la mañana, envidiando al Turquito que había abierto un ojo cuando yo, a las 6,30 salía del baño lista para partir. Sin mover siquiera las sábanas, me pidió: *"Si ves a alguien de Buenos Aires, decile que yo estoy anclao"*. Y siguió durmiendo.
Mientras me iba acercando al Hotel Des Invalides, añorando la calefacción del hotel, sentí que una voz inequívocamente porteña clamaba por mí. A una media cuadra de distancia, un tipo que conocía de vista del Bar La Paz, se acercaba dando saltitos por el frío, echando humo por la boca. Entramos juntos a la tumba. No nos separamos en todo el día. Ninguno de los dos hablaba otro idioma que el nuestro y teníamos ganas de conversar.
Caminamos todo París. Nos sacamos aristocráticas fotos en la puerta de Nina Ricci, en la de Cartier. No salió ninguna. Comimos crépes de frambuesa y chocolate. Fuimos al George Pompidou. Cuando a las seis de la tarde me dejó en la puerta del hotel, le pregunté: *"Oíme, ¿vos lo conocés al Turquito Dayub?"*.
"Sí, de vista, es el que se fue a filmar con vos"
"Ese, sí. Me pidió que te dijera que está anclao"
Me llevó media hora convencerlo al Turquito, que seguía internado en la habitación, que había dado su mensaje a un porteño.
"Pero a la final, -me dijo el Turquito curvando la boca hacia abajo, decepcionado- *París es como andar por Corrientes"*

Caminábamos esa noche por Montmartre como hipnotizados y por momentos melancólicamente íntimos. Melancólica e íntimamente comenzamos a cantar Muchacha Ojos de Papel y a la segunda estrofa andábamos a los gritos con Almendra.
París fue –entonces- esa vieja borracha que preguntó:
"¿Qués que vú parlé?"
"Español", dijimos a coro.
Y la vieja borracha era una exiliada que se empeñó en arrastrarnos hasta un boliche y convidarnos con una cerveza.
Se empeñó después en querer arrastrarnos a su atelier, al que nos resistimos a ir.
Y París también fui yo, (diría así el Turquito después) peleándome a los gritos con una pobre borracha peronista y exiliada que se resistía a creerme peronista y decía *ahora es fácil ser peronista*. Y no nos creía tampoco que éramos actores y decía que todos los argentinos

menos ella eran unos chantas. Y yo alucinada (catalogaría el Turquito después), como en una tribuna diciéndole a los gritos a la pobre vieja (que alucinaba a su vez con llevarnos a los dos a su atelier) *que a todos los exiliados Europa les come el bocho y que quién era ella para cuestionarme el peronismo a mí*. Mientras ella daba por cerrado el tema, alegremente y pasaba a opinar sobre Madonna. Como nos gustaba a todos Madonna, nos invitaba a escucharla en su equipo, en su atelier.
Y yo, (diría el Turquito después) seguía representando a mi generación.
"*Porque a tu generación*, dice el Turquito, *hay que bajarla un poco*"
"¡¿Más?!", grito, pregunto yo.
"*Vos me entendés*, dice el Turquito, *paren un poco la mano, che, córtenla con el sufrimiento* " dice. Imita mis gesticulaciones peleando con la vieja. "*No ves que estaba borracha*" –dice- mientras el Sacre Coeur brilla lejos cuando salimos del Metro y yo me inclino a mirar el Sena y a gritar, a voz en cuello "*¡Viva Perón, carajo!*", mientras el Turquito se encoge de hombros, dando por irremediable la situación.

Todo funcionaba, Turquito, en París todas las máquinas funcionaban. ¿Te acordás la noche gloriosa en que descubrimos por fin algo que no andaba, que estaba roto? Fue en el Pompidou, cuando paseando con el exiliado amigo de una amiga no pudimos averiguar, por un franco, cuántos millones de segundos faltaban para el año 2000.
"Pa' lo que sirve" –fue todo tu comentario.
Comprábamos automáticamente boletos para el metro, cerveza, pastillas de anís. Automáticamente me saqué fotos en la calle, a la manera de la chica de "Nos habíamos amado tanto".
Echábamos muchas monedas en muchas ranuras con tal de comprobar que lo que el cartel prometía nos era dado.
También automáticamente la gente pasaba frente a otra gente drogada sin inmutarse. Automáticamente nos deteníamos helados de pavor cuando un señor elegante intentaba convencer a una adolescente "pinchada" y sucia para llevársela a la cama por un cartucho de papas fritas.
Y no te intimidabas ante el desconocimiento del idioma, Turquito.
Sin que te hayas enterado hasta hoy, los momentos más hermosos en París los viví con vos, cuando te dirigías a la gente en una arrolladora mezcla de idiomas de los cuales no hablabas ninguno.

Como aquella noche, después de la Torre Eiffell, después de los tallarines, el minestrón y el messo litro de rosso compartidos, en que con absoluta seguridad te diste vuelta hacia el maitre y le pediste, chasqueando los dedos: *"Siñorino, per caridá, dos cafés y la cuenta, sivuplé"*.
Y la gente te entendía.
"Mamuasel, ai nid toayón" a la empleada del hotel. Y te daba la toalla.
"Mercí madam", a un gordo que te cedía el paso. Y el gordo no se ofendía.
"Señor, plis, argentinos, subdesarrollados, queremos torre Eiffell y no manejamos esa cosa" –señalando la máquina automática del metro a un parisino con ataché de lagarto, que nos sacó inmediatamente los boletos ante tu satisfacción.
Parabas chicas en la calle y les hablabas. No te pusiste de novio porque no querías, seguramente. Porque en Belgrado lo hiciste. (*Nos comunicamos con frases de las canciones de los Beatles*, nos explicaste a Santoro y a mí, que te mirábamos absortos.)
Y cada noche criticabas mi nutrido equipaje, y cada mañana también. Cabrón y ñañoso como todos los hombres, te gastabas el dinero en restaurantes porque *necesitabas alimentarte bien.*
Te atacó una ola de tristeza los dos últimos días de esa semana en que casi era Navidad y querías volverte ya a la Argentina.
Y la última tarde, después de pasear en barquito por el Sena y tomarnos fotos, nos sentamos juntos a la mesa de un café, los dos de frente a la calle.
Miramos pasar a la gente a través del vidrio, sin hablar durante un rato largo.
Cada vez que pienso en París me acuerdo de esa tarde, los dos mudos, mirando el perfil andante de parisinos, chinos, árabes, negros.
Ese momento tenía el encanto y la tristeza del instante previo a la partida de cualquier lado: uno ya no está ahí, pero tampoco está en otra parte.
Me gustó París más que nunca esa tarde. Como dice Dolina, cualquier lugar es mejor, apenas uno se va. El valor de la ausencia.

En el viaje de regreso se acentuó la timidez, la hosquedad propia de dos personas que se obligaron a convivir sin conocerse.
Me olvidé la billetera en el avión, pero el productor, que había viajado con nosotros, me puso un remise y una botella de champán que le pidió a la azafata antes de bajar. *"Te la tomas en honor de la película"*

Nos cruzamos por Corrientes, la misma noche del día en que volvimos a Buenos Aires. Nos saludamos tal cual lo hacíamos si nos encontrábamos casualmente en la puerta del hotel, en el 3 del Bvard. St. Michel: con aspavientos y grandes gestos de alegría, exageradamente, obligadamente, fugazmente.
Deberé volver a París en otras condiciones, quizás con un millonario que me bañe en champán, tal cual me lo prometí a los trece años, para conocer la verdad de la Ciudad Luz.
Porque –mientras tanto y mal que me pese- París no es ni el Louvre, donde estuve cincuenta minutos mirando a la Gioconda con la boca abierta; ni la Notre Dame, donde me hinqué como poseída a los pies de Santa Juana y recé; ni Les Champs Elysees, iluminados de noche y nevados artificialmente de día, en espera de la Navidad europea; ni la Torre Eiffell, en cuyo ascensor de vidrio nos abrazamos una noche a los gritos, mientras la escalábamos y París se empequeñecía ante nuestros ojos, cada vez más cajita musical.
De una manera especialmente melancólica, París es la sensación de que en otro lugar y en otra hora hubiéramos podido ser grandes amigos. Y a pesar de los siete rollos de película que tiré, París no es casi ninguna foto en especial, salvo, quizás, las del Dóme o la Coupole.
Pero está esa foto tuya, sobre la cómoda, entre otros papeles y trámites a resolver. Cada vez que los reviso, me digo que tengo que alcanzártela.
La tomé en la habitación que compartimos y –como todas las fotos hechas por aficionados- no me deja mentir. Ni te deja.
En esa fotografía están los techos de París. Delante de esos techos hay un chico de rostro sensible, un chico que toca la acordeona, un chico del que se puede creer que los dos últimos días de su estadía en Europa se metiera en la cama melancólico y no viera la hora de volver.
Un muchacho de Entre Ríos, anclao en París.

La merilin

El último plomero que me han recomendado (y van) se detiene ante una fotografía de Marilyn Monroe. Me mira de reojo, intrigado. Debe estar haciendo una suma mental de las fotografías de Marilyn que ha visto en la casa.
Me pregunta, afirmando, *"usté es hincha de la merilin, seguro, ¿no?"* Estoy a punto de contestarle que es una actriz muerta y no un cuadro de fútbol, pero me reprocho ser tan dura y le digo, simplemente, *"muy"*.

EL: *A usté seguro le hubiera gustado ser rubia, ¿no?*
YO: *No, para nada*
EL: *A usté le hubiera gustado ser merilin, ¿no?*
YO: *No, no, no, a mí me gusta ser quien soy. Ella no tuvo una buena vida.*
EL: *¿No?*
YO: *No, para nada.*
EL: (SILENCIO CAVILADOR FRENTE A LA FOTOGRAFÍA EN CUESTIÓN) *Yo esta foto no la conocía.*
YO: *No es muy conocida.*
EL: *Parece una... es rara esta foto.*
YO: *A mí me parece una nena. O una mujer muy triste.*
EL: *Está como sorprendida, ¿no?*
YO: *No se me había ocurrido.*
(SILENCIO DE AMBOS, QUE PERMANECEMOS FRENTE A LA FOTOGRAFÍA)
YO: *Tiene razón.*
EL: *¿Eh?*
YO: *La foto. Usted tiene razón. La sorprendió el fotógrafo. La pescó, como quien dice.*
EL: (DESPUÉS DE UNA MIRADA FUGAZ QUE ME MANDA DE REOJO, YA QUE ESTE DIÁLOGO TRANSCURRE MIENTRAS UNO AL LADO DEL OTRO MIRAMOS LA FOTOGRAFÍA) *Mire que son raras ustedes las actrices, ¿no?*
YO: *¿Por qué raras?*
EL: *No sé, nunca estuve tanto tiempo mirando una foto y menos de la merilin. ¿Por qué tiene tantas fotos de ella?*

YO: Bueno, soy actriz, ella fue actriz, podría tener fotos de otras actrices, pero tengo de Marilyn, qué sé yo.
EL: No, pero ella no era actriz como usté.
YO: ¿Por qué no? Sí que era una actriz.
EL: ¿Sí? ¿Pero ella no empezó en un almanaque? Sí, ella empezó con aquel almanaque, no sé si se acuerda, desnuda, con el pelo largo y ahí pegó el gran salto. No era actriz, a mí me parece que usté se confunde. Porque ella salía en las películas pero era medio loca, usté es muy joven para acordarse, pero se drogaba mucho y a los maridos los volvió locos. No era actriz, andaba desnuda en las películas.
YO: (OM, OM, OM, OM) ¿A usted le gustaban las películas de Marilyn?
EL: No, a mí no me gusta el cine. Y el cine así, cómo se llama, medio porno, bah, no era costumbre en mi época. Pero bueno, la próxima vez que venga, viá ver si le traigo la foto esa del almanaque, ya que le gustan estas cosas(¿?), porque creo que debe andar ahí por el galponcito. Pero le juego lo que quiera que se confunde, no era así, lo que se dice actriz, actriz, era de almanaque ella.

Les ruego que no hagan de mí un chiste.
Marilyn Monroe.

Les ruego que no me comprendan en seguida.
André Gide.

❖   Estos hombres duros me hacen sentir enferma. Ni siquiera son tan duros. Tienen miedo de la bondad y de la ternura y de la belleza. Siempre quieren matar a alguien para justificarse a sí mismos.

❖   Un sex symbol acaba convirtiéndose en un objeto, y yo detesto ser un objeto. Pero si tengo que convertirme en un símbolo, prefiero ser un símbolo del sexo a ser un símbolo de otras cosas.

❖ Quiero un hombre al que pueda admirar, pero no quiero que por ello se ocupe en acomplejarme. Quiero un hombre que sea dulce conmigo, pero ellos parecen pensar que para eso hay que tratarme como a un bebé. Me casaré con un hombre que realmente me aprecie, además de estar enamorado, y todo eso.

❖ La verdad es que nunca engañé a nadie. A veces dejé que los hombres se engañaran a sí mismos. En ocasiones los hombres no se molestaban en averiguar quién y qué era yo. Y en su lugar inventaban un personaje. No me molestaba en discutir con ellos. Era evidente que querían a una persona que no era yo. Cuando se daban cuenta de esto, me echaban la culpa por haberlos desilusionado y engañado.

❖ Una lucha contra la timidez es, en cada actor, más de lo que nadie se pueda imaginar. Existe un censor dentro de cada uno que nos dice hasta dónde dejarnos ir, como un niño jugando. Me imagino que la gente piensa que sólo nos limitamos a salir a escena y que no hacemos otra cosa. Pero es una verdadera pelea. Soy de las personas más tímidas del mundo. Tengo que luchar para actuar, realmente.

❖ La gente tenía la costumbre de mirarme como si yo fuera una especie de espejo en lugar de una persona. No me veían, veían sus propios pensamientos libidinosos, y luego se ponían la máscara de la inocencia diciendo que yo era la libidinosa.

❖ No soy esclava de nadie y nunca lo he sido. Nadie me hipnotiza para que haga esto o aquello. ¿Se ha dicho alguna vez: *"esta película ha sido dirigida por un director ignorante y sin ningún gusto"*? No, el mundo siempre culpa a la estrella. A mí. He tenido directores tan ineptos que lo que único que hacían era repetirme mis frases como si me estuvieran leyendo un horario de trenes. De modo que ellos no me ayudaron. Tuve que recurrir a otras fuentes.

❖ Pero lo que yo más deseaba tener en el mundo, era amor.

- Estoy intentando encontrarme como persona, y a veces no es fácil. Millones de personas se pasan una vida entera sin encontrarse a sí mismas, pero es algo de lo que yo siento necesidad. La mejor manera de encontrarme como persona es demostrarme a mí misma que soy una actriz.

- Siempre pensé que la gente se merece recibir algo por el dinero que paga, y yo siento que ésta es mi obligación. Algunos días, cuando tengo que hacer una escena que exige gran responsabilidad en cuanto a significado, pienso que me gustaría ser la señora de la limpieza. Me parece que todos los actores pasan por esto. No sólo queremos ser buenos; tenemos que serlo.

- Una enfermera encuentra la siguiente nota, escrita a lápiz, pegada con cinta adhesiva en el abdomen de la paciente inconsciente:
  Es de suma importancia leer esto antes de la operación.
  Doctor:
  Corte lo menos posible. Sé que puedo parecer frívola, pero en realidad no tiene nada que ver. Es el hecho de que soy una mujer, lo que para mí tiene significado. Usted tiene hijos y tiene que saber lo que significa. Por favor, Dr. Estoy segura que lo comprende; gracias, gracias. Por Dios, Dr., no me quite los ovarios; una vez más le ruego que haga todo lo posible por no dejarme mucha cicatriz. Se lo agradezco de todo corazón.

Marilyn Monroe

Subasta en Nueva York, casa Christie's, miércoles 27 de octubre de 1999.
Fuente, diario Clarín del Jueves 28 del mismo mes del mismo año. La fuente indica que se habrían recaudado más de cinco millones de dólares.

- ✓ Vestido cosido sobre su cuerpo, con el que cantó el feliz cumpleaños a John F. Kennedy, 1.150.000 dólares. (Aún conserva marcas de transpiración y fue la "estrella" de la subasta)

Uno de los males de nuestra profesión es que creemos que una mujer con atractivo físico no tiene talento. Marilyn es una de las actrices más geniales que he conocido. Es una actriz que va más allá del arte. Es la actriz de cine más completa y auténtica desde la Garbo. Tiene ese mismo misterio insondable.
Es puro cine.
Joshua Logan, director de cine.

- ✓ Un piano pintado de blanco que perteneció a Gladys, su madre, 600.000 dólares.

Marilyn era una actriz irremisiblemente mala, una mujerzuela complaciente, una nena malcriada disfrazada de mujer, y una estrella cuya actuación era provocativa, emperifollada y descerebrada, y en nada favorecía la dignidad femenina.
 Val Hennesy, periodista de espectáculos

- ✓ Anillo de diamantes y platino que Joe Di Maggio le regaló el día de la boda, 700.000 dólares. (Al anillo le falta una piedra)
- ✓ Un par de aros de piedras falsas, 31.000 dólares.

Era un genio como actriz cómica, con un sentido extraordinario del diálogo en la comedia. Era un don del cielo. Créame, en los últimos quince años me llegaron diez proyectos, y yo empezaba a trabajar en ellos y pensaba: "esto no va a funcionar. Esto necesita a Marilyn Monroe" Nadie más está en esa órbita, todas los demás son demasiado terrenales en comparación suya.
Billy Wilder, director de cine.

- ✓ Tres pares de jean gastados que usó en "River of no return",
  37.000 dólares.
- ✓ Una fotografía suya autografiada por ella y Groucho Marx, 78.000 dólares.

Era una mujer dulce que claramente estaba pasando por algún tipo de infierno aquí en la tierra. No conocía todas las razones, pero veía que ella sufría. Sufría y seguía produciendo esa magia en el cine. Era un trabajo valiente. La mayoría de los actores usan su talento en algunas ocasiones, pero Marilyn usaba el suyo constantemente, dando todo lo que tenía, hasta que le dolía, creo, luchando por ser mejor. Es cierto que a nosotros a veces nos indignaba, pero yo estaba fascinado de verla trabajar.
Jack Lemmon, actor.

- **Un tapado de armiño blanco apolillado, 70.000 dólares.**
- **Hojas sueltas de los guiones de sus películas, con anotaciones de la actriz y garabatos varios, subastadas entre precios que rondaron entre los 22.000 y 45.000 dólares.**

Tengo una tía en Viena, también es actriz. Creo que se llama Mildred Lachenfarber. Siempre es puntual en el set. Siempre se sabe la letra. No causa problemas a nadie. En términos de boletería vale catorce centavos. No sé si me comprenden.
Billy Wilder.

- **Invitación a la memorable fiesta de Kennedy, 115.000 dólares.**
- **Un vestido color rojo escarlata, usado para fotografías promocionales de la película "El príncipe y la corista", 150.000 dólares.**

Se sujetaba la cabeza entre las manos, rodeado de telegramas sin abrir, llorando inconsolablemente. Cuando fue capaz de articular palabra, gritó el nombre de Frank Sinatra y su "Pandilla de Ratas", dejando bien claro que culpaba a Robert Kennedy de su muerte. No fue Hollywood quien la destruyó, me dijo, fue una víctima de sus amigos.
Harry Hall, íntimo amigo de Joe Di Maggio, su segundo marido, describiendo su reacción ante la muerte de M.M.

- **Prenda usada para recibir un Globo de Oro en 1962, 85.000 dólares.**
- **Un par de zapatos de taco alto de Salvatore Ferragamo, forrados en piedritas falsas, 42.000 dólares.**

Tenía que ocurrir.
Arthur Miller, su tercer marido, al enterarse de su muerte.

- ✓ Una Biblia que ella utilizó para convertirse al judaísmo poco antes de casarse con el escritor Arthur Miller, 40.000 dólares.
- ✓ Un par de botas usadas por ella en la película "Los inadaptados",
  75.000 dólares

Lo siento.
James Dougherty, su segundo marido, al enterarse de su muerte.

- ✓ Un elaborado disfraz de odalisca que usó para posar frente al fotógrafo Richard Avedon, 40.000 dólares.
- ✓ Un saco de lana mexicana, 150.000 dólares.

Quiero envejecer sin hacerme la cirugía estética. La cara pierde vida, carácter. Quisiera tener valor para ser fiel a la cara que me labré. A veces pienso que sería mejor evitar envejecer, morir joven, pero entonces mi vida estaría inacabada, ¿no? Nunca llegaría a conocerme del todo.
Marilyn Monroe.

- ✓ Dos premios Golden Globe, ganados por ella en 1959 y en 1962, salieron en 125.000 y 165.000 dólares respectivamente.
- ✓ Un vestido de chiffon, comprado en la Quinta Avenida por ella personalmente, no se menciona su valor.

Todo el mundo tira de mí.
Marilyn Monroe, dos días antes de su muerte, en entrevista concedida a la revista Life. Su última entrevista.

Otra fotografía

La mujer se quedó profundamente dormida, después de hacer el amor. Piernas recogidas, pelo alborotado. Está laxa, entregada al sueño, abandonada en la indefensión del descanso.
Una lámpara a un costado de la cama. Arriba, un cuadro de Velázquez. La mujer dormida parece una réplica contemporánea de esa mujer que desnuda, de espaldas, se contempla en un espejo que sostiene un querubín.
El hombre que yace al lado, se despierta súbitamente. Sus ojos permanecen abiertos, fijos en el techo, durante unos segundos. Ha perdido noción de tiempo, espacio y lugar.
Ha tenido lugar en él la pequeña muerte.
Ahora se ubica. Se levanta. Sale de la habitación, frotándose la cabeza, la cara, el cuello.
En el living, sobre la mesa, una botella de champán abierta, dentro del balde con hielo.
El hombre se sirve una copa. Enciende un cigarrillo. Se sienta desnudo en el suelo, fuma y bebe, despacio.
Está reaccionando, lentamente. Sonríe. Porque la gata negra deshace armoniosamente el bulto esponjoso que hasta ese momento él creía su pullover. En realidad su pullover estaba debajo de la gata. El animal estira sus patas delanteras. Luego hace lo propio con las patas traseras. Camina parsimoniosamente, llevando hacia el hombre un reclamo implícito en su andar moroso: caricias. Pero desvía súbitamente su andar hacia la cocina.
Silencio. De pronto un repiqueteo como de lluvia sobre un techo de chapa. Son los granos de alimento que chocan contra las paredes del recipiente donde está la comida. La gata las está empujando con su lengua. Pero no tiene hambre. Come por vicio, porque se despertó, por jugar a que come. Silencio.
El hombre está en casa ajena, pero también vive con felinos. De manera que la costumbre lo gana y se incorpora, yendo hacia la cocina a comprobar si la gata tiene agua a su alcance. Tiene.
Sobre la mesa, su equipo de fotógrafo. Y sobre el bolso, entre algunas lentes, duerme el gato. El hombre lo toma suavemente en sus

brazos, lo coloca a un costado y saca la cámara. Va hasta la puerta del dormitorio. La mujer atravesada en la cama está inmóvil, tal cual él la dejó. El hombre mira, sonríe. Va a tomar una foto. Camina unos pasos. Mueve la lámpara de pie flexible hasta echar luz sobre la curva de la espalda, iluminando de lleno la grupa generosa. Camina hacia atrás y obtura. Baja la cámara sonriente. Se viste. Recoge sus cosas y sale en silencio, no sin antes escribir unas líneas apresuradas en un papel que coloca en la puerta de la heladera, retenido por un imán que simula una gata con capelina.

Sobre la mesa olvida una lente de la cámara.

Cuando la puerta se cierra, en dos saltos el gato llega a la cama y se hace un ovillo entre la grupa desnuda y las piernas recogidas. Vuelve a dormir. Tal cual lo sigue haciendo la mujer.

El gato y la grupa desnuda bajo la luz de la lámpara.

Y nadie ya que tome esa fotografía.

MISIVAS

Escúchame, quiero decirte algo.
Extraído de un bolero

Carta uno a Miqui
(1972)

Es inútil.
Siempre te voy a recordar llegando a la casa de la abuela. Siempre.
Claro. Es el recuerdo más nítido y tremendo de la infancia. Siempre
llegando y yéndote de nuevo. Y es curioso. Yo sé que no era gusto
tuyo y pese a eso, a la obligación-deber-necesidad que te llevó a dejarme en manos de otros, aunque esos otros fueran los abuelos, adquiriste una gran culpa cargada de desayunos en la cama y sobre
mimos y sobreprotección y sobre comprensión y todo eso.
Es inútil.
Siempre te voy a recordar como ese día con paperas en que te fui a
visitar a nuestra casa (yo de la mano de la abuela) y papá me sirvió el
té con leche y me dio vergüenza decir que no me gustaba el té con
leche. Yo me sentía una extraña. Pero esa fue la única vez que me
sentí una extraña y por eso me acuerdo.
Yo me acosté al lado de tus paperas pese a las advertencias de la
abuela y no me contagié. Y dormimos todos en la misma pieza. Claro, había una sola pieza.
Es inútil.
Siempre te recuerdo encerando esa pieza o lavando los platos o cosiendo y mandándome a la panadería y llamándome *"chuni, nicho,
chobi, bicho,"* y cuando te enojabas: *maría elena.*
Y te recuerdo muchas veces más que otras llorando. Es claro. Yo ya
era mujer por mi inminente menstruación y te olí muchas veces como tal.
Como mujer digo.
Y eso en el recuerdo me gusta mucho.
Lo hubiera preferido más seguido.
Tal vez ahora podría entrar más en este pedazo de papel y vos estar
más cerca de mi lejanía de él.
Es inútil.
Siempre te recuerdo con miedo a las dos de la mañana detrás de la
ventana. Siempre te recuerdo así cuando tengo miedo a mirar por la
ventana.

Hace muchos años yo era chica. Hace muchos años. Y una mañana
de verano (vos estabas muy gorda) yo apoyé mi oído en tu panza

buscando al hermano y vos me dijiste
(contenta y aliviada de que yo **ya supiera**) *"no, no viene un hermanito, estoy gorda porque sí"*.

Es inútil.
Siempre te recuerdo frágil y olorosa a polvo Rygren, la única coquetería además de los labios coloreados. La única coquetería además de tu nena bien vestida.
Es inútil.
Siempre te recuerdo madre. Cuando escucho tu voz en el teléfono también te estoy recordando, madre. Madre por sobre todo con vocación de madre.
Madre mía.
Para qué intento ahora escribirte acerca de que me encomiendes vía Chevallier la pollera gris de la que había renegado.
Para qué pedirte que me tejas otro gorro, que me van los gorros como a nadie. Para qué si algún día cuando yo era pequeña trajiste tus manos diligentes y las apoyaste sin ruidos en mi frente y ahí quedaron y están.

Es inútil,
Siempre te recuerdo madre diciendo tené cuidado –inútilmente- porque igual me lastimaba, cuando cruzaba en un salto la zanja corriendo hacia otra esquina.

Carta a Patricia, en sus dieciséis

La vida es lo que tú tocas.
Pedro Salinas

¿Cuál fue el primer indicio de adolescencia?
La nicotina en los dientes y en las uñas no sirve para medir el tiempo, para ver cómo ha sido.
Creciste hacia adentro. Y un día.
De pronto, un día, la sangre como ritmo: signo revelador del tiempo del inicio.
Y aquí estás.
Empezada.
De a mitades te miro: no atinas a encontrar la justeza, la medida.
Buscas un hueco donde descansar la vista.
Te derrumbas entera sobre preguntas, tal cual en la primera infancia.
Y otra vez me interrogas.
¿Cómo decirte las palabras necesarias?
Me preguntas cómo saber que no. Cómo distinguir los lugares comunes. Me preguntas si el lugar común es algo que lastima los oídos.
Hay silencios que otorgan la respuesta. Otros, solamente otorgan la ignorancia de quien calla.
No escuches nada de lo que intente responderte.
Hay otro oficio por delante, otra manera.
Hay un pájaro patricia. Y hay una jaula.
No escuches nada de lo que yo te diga. Nada.
Me consagro a contemplarte hermana, a revivir mi propio ciclo doloroso de labios floreciendo carmesí, de largas uñas de color granate.
Me consagro a descubrir un mundo nuevo en tus cejas, dolorosamente despobladas.
"¿Y qué es que ya esté todo?"
Todo... todo es alzar los ojos.

No.
No sé cómo decirlo.
Quizás la mano trémula de quien te escribe te dé el primer indicio.

Fuimos un intento antes de ser ahora.
Ahora, somos un intento de palabras.
Un hombre esboza una caricia en tu boca con su boca, y vos te ponés pálida. Eso es todo.
No escuches nada de lo que te diga. Nada.
No existen. Las palabras necesarias no existen.

Carta dos a Miqui
(1976)

Necesito tal vez del canto matinal y ¿por qué no?, del pezón rojo y herido y de la leche tibia, agria, leche madre violeta. No, no digo vuelvo. No digo retorno. Digo ahogo.
Digo la maternal eficiencia de tus brazos y la sonrisa púber que aún adorna tus labios.
Digo sola.
La ausencia de tu mano en la volcadera de la sábana y el beso hablado sobre mi párpado. Y la miel.
Digo que en una esquina recogeré el llanto en una mano para que no lo veas. No temas. No.
Digo que no sepas lo que sé.
Digo noche.
La almohada sucia. Todo lo elemental, madre. También, la mancha de humedad.
El café ya no me basta ¿sabes?. Tampoco el cigarrillo. Ni el libro de Rostand, ni la cara blanca de Ana, ni las risas de Marcelo por la tarde.
Hay un Phillip Marlowe que da adioses finales, tristes y solitarios.
Pero tampoco, madre.
No basta nada ya. ¿Me lo comprendes?
Hay una lágrima violeta, insisto.
Hay una lágrima agria leche, madre.
Hay una lágrima violenta que amenaza y no cesa.
No. No digo vuelvo.
No digo abandono.
No digo retorno. Digo ausencia y temor.
Leche violeta agria violenta leche madre.
Digo madre nomás.
Lágrima.
Madre.

Carta a Juan Carlos Leyrado

En el año 1977, fui una de los doscientos cincuenta aspirantes a integrar un taller de entrenamiento actoral dictado por Agustín Alezzo. Después de una prueba, que consistía en un relato de no menos de cinco minutos y no más de ocho, sólo 25 íbamos a compartir el año entero.
Yo fui a la entrevista previa acompañando a una amiga, por curiosidad. Había hecho un impasse personal en mis estudios debido en gran parte a la enfermedad que paralizó a mi padre, a mi separación conyugal el 24 de marzo de 1976, y a mis amigos desaparecidos. Detalles, digamos.
Estuve entre los 25 seleccionados. Allí conocí a la que se convertiría en una de mis mejores amigas hasta hoy, María José Campoamor, quien desde el 82 se dedicó a la escritura teatral y televisiva, a Raúl Rizzo y entre otros más a Juan (entonces Juan Carlos) Leyrado. En la mitad de ese año, Juan y yo habíamos compartido más de una pretenciosa improvisación y éramos algo así como amigotes.
El director Rubén Benítez habíase obstinado en reponer Israfel, de Abelardo Castillo, con Juan Vitali como Poe, quien la había representado en Mar del Plata, ganando premios, y emprendía la "odisea" de Buenos Aires. Por amigos en común, más precisamente Ana Lía Agulló, quien integraba el taller conmigo y era mi más cercana amiga, me obstiné en recomendar a Juan Carlos (por instinto y convicción, más que por cualquier orden racional) como el candidato ideal para personificar a Georges Lippard, íntimo amigo de Poe en la pieza, tarotista, brujo, entendido en la vida.
Pero el personaje sería para Alfredo Iglesias, quien ya lo había interpretado en la versión estreno con Alfredo Alcón como Poe.
Empero, tanta fue mi insistencia que Juan Carlos fue parte del elenco, en el rol del Cantinero, personaje casi mudo, si mal no recuerdo. Unos días antes del estreno, Alfredo Iglesias *se mancó*, como solemos decir los actores de alguien que, por hache o por be, abandona un rol. Por supuesto, el primer candidato a cubrirlo fue Juan Carlos, y fue él quien lo estrenó. Y lo que más recuerdo de esa noche, es ver a Abelardo Castillo, autor que me dejaba casi sin habla desde la primera vez que lo leí a los dieciocho años, gritando en el hall del teatro

Santa María del Buen Ayre, *¡Gracias, mil gracias a quien lo recomendó a Leyrado para hacer de Lippard!*
Hechos los besos, plácemes, saludos, abrazos, vinos y festejos del caso, me retiré a mi sola y exclusiva compañía. Esa noche escribí una carta para Juan Carlos Leyrado. Y se la llevé al teatro.
En los veintidós años que transcurrieron desde entonces, Leyrado y quien escribe nos hemos cruzado innumerables veces en la vida, y pocas veces trabajando juntos. Tuvimos una experiencia inolvidable, con atentado incluido, en la reposición de Convivencia, de Oscar Viale.
Pero esa es otra historia.
En el año 1998, por fin, volvimos a encontrarnos compartiendo roles en ese fenómeno que fue y es *Gasoleros*, por televisión. Y un día de ese año, Juan (ahora sólo Juan) Leyrado llevó la carta y la leyó en voz alta para mí (ahora sólo María), para Pablo Rago y para Paola, una de nuestras maquilladoras. Él la conservaba en el papel con flores de colores en la que yo se la escribí; yo conservaba el duplicado en un papel rosa. No reniego de nada de lo que está allí, salvo del estilo. Pero al fin y al cabo, ese era mi estilo entonces. Y no sé si el de ahora es mejor. Me pareció una buena idea, con el permiso indispensable de Juan, dar a conocer el sentimiento profundo de admiración entre pares que, al fin y al cabo, sólo eran pares en el ansia de conocimiento, de exploración, de amor por el teatro, primer amor que es el único que aún hoy nos sostiene en el desmayo y en el desaliento. Y en el éxito también, por qué no decirlo. Algo te tiene que sostener ante un estafador de tal porte.
Esta es la carta:

Buenos Aires, julio 12 de 1977

Señor Georges Lippard:

      Posiblemente le asombre recibir esta carta, pero creo que hay muchas cosas de las que Ud. debe enterarse. En principio, debería gustarle saber que en la Luna hay tabernas, Y que Poe y Virginia rechazaron un sol póstumo, pequeño y efímero.
      Ignoro cuanto tiempo hacía que Ud. no abría la boca para decir cosas tan hermosas como las que dijo ayer noche, pero en algún punto del universo seguramente la luz de la vela de su

botella sempiterna tembló cuando mucha gente, de pie, ovacionó en un solo aplauso su espíritu aún vivo, las palabras que Castillo recreó para acercarnos a usted, y el talento de un actor como pocos.

Existen, Georges, muchas cosas inamovibles, incorruptibles todavía. Y el amor es una de ellas. Pero el amor, la palabra amor, sobornable como todas las palabras, se puede descomponer en muchas otras: telón, genio, escenario, piel, anoche, hoy, todos los días.

Yo me llamo María Elena y soy casi, casi negra, Georges. Y le voy a contar un secreto. Siempre, irremediablemente siempre, me he sobrecogido de admiración ante el milagro de la creación artística. Siempre que esa creación tuvo los ribetes de la magia, sólo me quedó una salida: llorar. Muchas veces he pensado (y pienso) que hay algo en mí que no tiene remedio: el golpeteo absurdo en las sienes, el pulso acelerado y el corazón como un pájaro pequeño que siente que no va a poder volar más si un solo murmullo perturba la imagen que lo conmueve.

Y bien: yo tengo un amigo, Sr. Lippard. Un amigo al que quiero, admiro y respeto (no se puede querer a quien no se admira). Ese amigo se llama Juan Carlos y es casi tan hermoso como Usted. Anoche fui a visitarlo. Y no lo encontré hasta mucho más tarde, en el hall de un teatro. Mientras yo lo esperaba, sentada en una butaca, mi amigo (ese irreconocible farsante mágico de mi amigo el actor) lo mandó a Ud. para que me enseñara algunas cosas.

Y aprendí, Sr. Lippard, vaya si aprendí:

Por sobre todo aprendí (volví a aprender) que el teatro es una rara especie de acto animal y subyugante donde es posible que el actor se entregue vencido, sensual y exultante a las manos implacables de un personaje. Aprendí a fascinarme con dos manos enjoyadas como si no fueran las que yo conocía cotidianamente. Aprendí que lo que no tiene remedio en mí, es el no poder creer lo que se ve y a la vez subyugarme ante lo que imaginé y creí antes de verlo.

Ud., Sr. Lippard, está más allá de todo esto que estoy diciendo. Pero, por su misma condición de trascendencia, hay algunas cosas simples que yo quiero (debo) hacerle notar:

En este planeta (en la Luna no sé) existe una cantidad de seres inseguros, desvalidos y frágiles. Se llaman actores. Gracias a ellos conocemos a los seres como usted. Esos actores requieren un cuidado especial. Lo sé, porque soy uno de ellos.

Anoche, 11 de julio de 1977, a las 4 de la madrugada llegué a mi departamento (ahora, Sr. Lippard, vivimos apilados y el tarot es un juego snob para muchos). Y me enfrasqué en la tediosa tarea de no dormir y tejer. Hasta las 8 de la mañana pensé todo esto que le escribo ahora, en una moderna taberna acrílica llamada café.

Hágame Ud. un favor, Sr. Lippard: busque a mi amigo el actor y cuéntele todo esto. Dígale que me considere una espectadora común, que mi objetividad consiste en mi barómetro personal, que no falla ante el talento: el golpeteo en las sienes, etc. Dígale también que se cuide mucho, que el genio es en sí mismo una anormalidad y que los "anormales" no abundan en nuestro medio. Y cuéntele también, Georges Lippard, que hago todo esto porque lo quiero y lo admiro, y porque mis veintisiete años me enseñaron que cuando alguien vale mucho en lo que hace es importante que lo sepa.

Pídale a mi amigo el actor que guarde esta carta como si fuera para él. Que mi único deseo es que cuide eso inasible que se llama talento al que hay que tratar como si fuera un niño pequeño. Recuérdele que el corazón no es sólo un órgano, sino que se descompone en varias palabras sobornables, y que una de ellas, vocación, lleva la v de vida.

Explíquele también que los veintisiete años me resignaron a aceptar que hago esto porque creo que las emociones que los demás me despiertan también les pertenecen a ellos, y que le pido en canje que dentro de muchos años este recuerdo le provoque, aunque sea, una sonrisa.

Y cuando ese actor amigo mío, de puro quebradizo, tímido, frágil e inseguro que es –como todos los actores- le diga que mi insomnio y mi carta se deben no a su talento sino a que soy una ansiosa subjetiva ovárica incorregible, respóndale, Lippard, respóndale con la misma voz de anoche, por favor:

"*¿¡Has andado acaso entre sus algodones!?*"

Carta tres a Miqui
(1983)

La poesía, tal vez.
Un espacio vacío entre telones, una debajo de la luz y –allá- la gente.
Un Capote, un Jauretche subrayados.
Una manzana mordida y amarilla entre las sábanas,
una tarde de calor insoportable,
dulce de leche ornamentándote la piel,
la marihuana.
Una borrachera compartida y aquella borrachera solitaria.
Un infierno oscuro de vacío que no termina nunca y el resplandor del día. Porque igual, cada día, comienza igual el día.
Dos orgasmos, no más, que vienen en recuerdo tropel húmedamente a la vagina. Al vientre.
Un rostro.
Una tarjeta postal ajada y polvorienta.
Un pene.
Un elefante de piedra gris y un dólar quebrado enroscado en su trompa.
Un pezón rugoso y ávido.
Cuatro paredes.
"il m'a fait perdre les pedales", me decía en francés.
Y el ídolo de la adolescencia corriéndote en un valle, entre manzanas y vos, adulta ya, diciéndote: "me parece mentira".
Un cuadro.
Y tus cartas guardadas por fecha en una caja.
Eso, nada más, es otra vida distinta, mamá. Eso, nada más.
No te preocupes.

Carta a Dolina ♣

En Buenos Aires, a los catorce días del mes de setiembre de mil novecientos ochenta y seis:

Dolina:

 Nótese que no escribo Alejandro, ni querido ni estimado, sino simplemente Dolina, porque así se lo nombra a usted. Nada de vulgaridades, entonces, puesto que las Mujeres Sensibles, como la suscrita, huyen de ellas. Nada de "le voy a escribir al flaco Dolina", como si nos hubiéramos tomado, ya, unos cuantos vinos. No nada de eso. El cuento es otro.
 El cuento es que la Mujer Sensible llega a su casa. Va a tomar unos amargos, pero el frío la hace desistir. La Mujer Sensible se acuesta, con un camisón de franela. Escucha el silencio del departamento. El silencio se escucha, sí señor. Pero está cansada, muy cansada. Y por eso mismo no puede dormir. Ha corrido y trabajado todo el día. Menos pegarle a los niños y venderse, ha hecho de todo para sobrevivir, en la fecha. Y hechos extraños acaecen, más allá del dólar paralelo y del australito. Ha visto una pintada en el malecón de la costanera, frente al aeroparque: "*Por favor, mejoren la carnada. Los Bagres*". Frente al Colegio Nacional, una pared reclama, claramente: *Nobel de Literatura a Dolina*. Sí. Hechos extraños acaecen.
 La Mujer Sensible no concilia el sueño. Se levanta tiritando de frío. Vaya uno a saber si es el frío lo que la hace tiritar. Comprueba si el calefactor sigue encendido. Sí, sigue. Pero ha comido decentemente. Entonces no tirita de frío. Trae la radio junto a la cama. Apaga la luz. Vuelve a encenderla para sintonizar la radio y la deja bajo el tibio foco, haz de vida artificial que rebota en la pantalla del televisor apagado e inútil a las dos de la mañana. Justo en ese momento alguien que se merece el Nobel tira los dados, toca el piano, aconseja, se ríe.

♣ Enviada por correo a la radio, al programa ***Demasiado tarde para lágrimas***.

No. Es la mujer la que se ríe. Se dobla por las carcajadas. Ah, qué malo es no poder compartir la risa, decirle a otro que escuche también. La mujer se levanta. Pese al frío, se demora ahora sí preparando finalmente el mate amargo y trata de adivinar: *"¿Será La Puñalada o El Espiante, qué me deparará la música hoy?"* Bien. Ya está el mate amargo. Falta la foto de Gardel y *ponemo lo raviole*. Se lleva el mate a la cama. Esta última operación es mas bien incómoda, ya que esta mujer detesta el termo, de manera que arrastra la pava por doquiera que va. Salvo a los canales. Pero en los teatros se acostumbra. Y ni qué decir de cuando escribe. Bien. Arrastra la pava. Escucha tomando mate. Hasta las tres. O no sabe bien hasta qué hora, porque se relaja y el sueño irá llegando como un enamorado.

    Ahora, si esto fuera una película, la cámara vería como la Mujer Sensible despierta de su sueño y mira el reloj y son las cinco de la mañana y comprueba que se ha quedado dormida con la radio sonando a todo vapor. Se oye "Yo conocí a la naturaleza" de y por Litto Nebbia, y ella espera a que el tema termine para silenciar la radio. Se levanta para hacer pis. Vuelve a la cama, enciende un cigarrillo, apaga la luz. Abajo suenan los frenos de un colectivo 60. ¡Ja, hombres del campo nacional todos! Menguada promiscuidad la de esta ciudadana. Medita entonces sobre las fantasías de las gentes acerca de la vida sexual y desenfrenadamente erótica de las actrices, minas raras a las que a veces, además, se les da por escribir. Menguada promiscuidad. Me duermo con Dolina y me despierto con Nebbia. Sí, nada escapa a mis garras. ¡Jaja, pero hombres del campo nacional todos! Lo que hubiera sido despertarse con Kiss. Claudique. Entréguese al diván. Que este desliz de radio podría costarle caro. Aplasta el pucho. Comprueba si el despertador sonará a las ocho.

    Sonará. La Mujer Sensible se levanta, desayuna, lava, plancha, repasa letra, almuerza, ensaya, ve un video español en casa de una pareja amiga, come dos huevos fritos, vuelve a su casa a tiempo. A tiempo de colocar la radio en una silla, cerca del sofá, extenderse en él con una copa de sidra La Farruca y comprobar que es demasiado tarde para lágrimas o arrepentimientos porque es sábado. Y los sábados no hay compinches en la radio. De manera que mejor García Márquez o Marechal o alguno de los dos, que relee últimamente. Y luego duerme. ¡Qué placer el sueño cuando hay sueño!

    Ahora viene otra etapa, Dolina, y la Mujer Sensible requiere de usted paciencia. Porque el domingo la Mujer Sensible dudará. Y la duda es algo que le hace señas desde lejos y ella quisiera morderla y desenvolverla y sacarla de la duda y que no sea duda. Pero las Mujeres Sensibles dudan, como todas las mujeres. A veces más, no crea. Se preguntan, por ejemplo, cuál es su misión en la tierra. La primera respuesta es, sin dudas, ¿sin dudas?, procrear. Procrear, empero, también puede significar ayudar a la creación. De manera que la Mujer Sensible en realidad está dudando entre "*escribo esa carta o no la escribo*", duda que será mordida y desenvuelta y terminará escribiendo esa carta, que es ésta, sólo que una o dos semanas más tarde, ya ni sabe bien. Pero la duda es humana. La Mujer Sensible es más que humana.

Procrear es también ayudar a la creación. Y una de las maneras de ayudar a la gente que crea es decirle que, inequívocamente, lo que hace es una creación.

Bien. Dolina: muchas, pero muchísimas gracias. En serio que muchas gracias. Gracias por Manuel Mandeb, y por Flores y por la ideología y por el humor y por la melancolía y por la vida misma. Gracias por esa foto donde no es usted, tal como lo vi hace mucho tiempo en el Bauen y me di cuenta de que usted no era la foto, para nada, porque tantas veces dije, pregunté, protesté: *¿Y éste que mira de ahí arriba?*.

Y (remítase más arriba si se perdió, porque no me pondré a pulir lo ya escrito) la segunda respuesta a la pregunta sobre la misión de la mujer en la tierra, es que ser una mujer es hacer cosas de mujeres. De Mujeres Sensibles. Cosas como esta. Que no es otra cosa que hacer lo que una tiene ganas de hacer. Ma sí, yo agarro y le escribo una carta a Dolina. A ver si la muerte sorpresiva de las cosas cae. Cae y chau. Porque la muerte ve. La muerte cae sobre lo que extravías. A ver si nunca le digo esto. A ver si todavía.

Gracias, mil gracias de parte de una señora que trata de no pisar –por las dudas–, el coto endemoniado de la Cancha de Piraña.

Buenas tardes.

Un abrazo.

Carta para Manuel, en ocasión
de la muerte de Mariano.

> *Aquí me pongo a cantar*
> *al compás de la vigüela*
> *que al hombre que lo desvela*
> *una pena estrordinaria*
> *como el ave solitaria*
> *con el cantar se consuela.*
> Martín Fierro
> de José Hernández

> *Cuando no puedan entender*
> *nada más, recurran a la poesía.*
> Jacques Lacan

> *Escribir un poema es ensayar*
> *una magia menor.*
> Jorge Luis Borges

Prender dos o tres velas y tener una mirada, pese a la luz, de ciega.
Poder deshacer la catarata de palabras y adentrarse en ellas.
Para conocer al otro.
Re-conocer los propios miedos. Mitigarlos.
Saber tomar distancia y conmoverse.

Un pequeño evangelio conocerse.

Darse un respiro para hablar sin hacer daño.
Tener mucho cuidado.

Saber de antes que esta ciudad es de cemento sólo por fuera
y que hay ambientes cálidos.

Saber la muerte.
Tomar toda pequeña vida que nos llegue y valorarla,
como un tibio presente.

Agradecer la ofrenda.
Desandar el camino para volver a tener veinte o menos.

Conocer nuevos miedos. Otros tiempos. Alegrarse de un vino que te traen, de que un amigo nuevo sea quien te abra la puerta de tu propio hogar. Tener la gentileza.

Mirarte en tus propios ojos vistos por otro y re-conocerte de repente. Sentirte observada por vos en tu propia pared. Cuánta insolencia.

Emborracharse de palabras y conceptos. Tratar de no ser mezquina ni pequeña, que para eso una tiene edad más que suficiente.
Y vida, y calle,
porque a veces la edad no es suficiente.

Saber cuando uno se ganó un amigo por siempre; de cualquier índole la charla que te traiga, el dolor que te traiga, la fiaca que te traiga, el amigo que te traiga.
O se presente.

Estar y no estar. Estar cansada. Estar sobreviviente. Estar paciente. Estar muy agotada. Estar alegre.

Prender dos o tres velas, beberse un alcohol liviano. O no.
No importa. La charla igual se da.
Te doy una palabra, me das otra, intercambiamos biblias y plegarias, creyentes en lo suyo y en lo nuestro.
La fe mueve montañas. Ya lo creo.

Vos hacés tu vida y yo la mía que para eso estamos. Fuimos puestos. Vos sos dueño de opinar y de creer. Yo soy muy dueña como vos. Y somos dueños los dos de un artefacto difícil de manejar, un aparato que deviene en ser amigos.

Las olas van y vienen. Yo concibo el mundo así o asá. Y vos de otra manera o no.
Buscamos el acuerdo.

Un pequeño evangelio conocerse.

Pero sufrir juntos es difícil. Requiere otra manera.

La muerte es un misterio. Pero aún más misteriosa lo es la vida. Vos allá y yo acá. Cada uno un dolor, una distinta resonancia que hace eco en la historia personal de cada uno.

Vos polea yo manija,
vos tuerca yo engranaje,
este aparato tan reciente y tan frágil de la amistad sufrió un golpe mortal, una herida de muerte.
Para ambos.

El verdadero misterio que crea las palabras es el que sobrevive al llanto. Es la esperanza. De que nada sea inútil, si de nosotros depende que esto sirva.

No sé qué estás llorando, porque yo soy fuera de los dos, ahora.
Estoy en mí.

Ignorás lo que lloro, porque estás fuera de los dos, ahora.
Estás en vos.

Sea cual sea ese lugar del dolor, intentemos que sea un punto cerca.

El dolor sobrecoge, y nos pone en una actitud casi de acecho con la vida. Porque hay dolor.
Y hay miedo.

Vos me diste más que un cuadro de mi rostro pintado por vos, magistralmente. Me diste una lectura de mí, en un retrato.

Y en tu casa, una noche, sin saberlo me diste otra mirada de mí: la de Mariano.

Guardo algunas palabras suyas para siempre.

Algunas cosas del pequeño huérfano.
Tremendamente bello.
Mariano comía todo devorando. Y eso, para mí, era un signo.

La última vez que lo vi, fue en un festejo.
Nunca supimos bien qué festejaba: tequila y vino tinto,
                            medio salamín
                            y algunos pocos ñoquis
que cocinamos las mujeres riendo en la cocina.

Oyéndolo, descubrí un raro talento que tenía: describía.
Mariano minuciosa y realmente describía las cosas, daba cabal idea de las cosas.
Yo te paso películas. Mariano *era* una película.

Las palabras suyas que guardo para siempre son aquellas con las que me describió cosas sin saber que lo hacía, pero que me sirvieron:
el misterio de oír en medio del torrente.

Él quería una oreja y yo se la ponía.

Y él me hablaba. Gracias a Dios.

Agradecer la ofrenda.
Tener la gentileza.
Desandar el camino.
Volver a tener veinte años o menos. Re-conocer los miedos, los mismos milagrosos miedos en esta edad que tengo.
Que ya no sé cuál es, si de la cronología del tiempo nos salimos.
Tomar la nueva y simple lógica que alguien te ofrece describiendo.
Y desatar el nudo. Y la tormenta.

Yo no sé qué llorás ni vos sabés qué lloro.

Pero hay algo en común: llorar la ausencia.

Yo el domingo 27 **no fui a acompañarte.**

Yo el domingo 27 **fui a que nos acompañáramos.**

El dolor no sabe de antigüedad ni escalafones. El dolor es uno solo.
Y doloroso.

Pero vos estás vivo, leyendo mis palabras, vivas, que a lo mejor sólo podía intentar escribirte frente a la presencia insoslayable de la muerte.

Ahora son las tres de la mañana y a lo mejor por eso.

Por eso enciendo unas pequeñas velas de colores y dejo que se extingan,
para él,
en nuestro nombre.

Por eso intento ejecutar una pequeña magia: hablarte.

Por eso creo a pies juntillas que es cierto que no hay como la muerte para mejorar a la gente.
Pero yo me refiero a los vivos, a los que aún,
nada más que **aún,**
quedamos.

Por eso intento hablarte.
Por eso lloro.
Por eso vuelvo a llorar y el llanto en este caso vuelve a lavar mi cara hinchada
y vuelve a hincharla,
y pese a eso me siento joven en el dolor, vieja y humana.
Pero no puedo sentirme sola en este vacío de alguien. Mejor aún, no debo.

Por eso intento remontar, desde el dolor, palabras.
Tal cual un barrilete, como hacía Mariano,
como hizo una tarde ventosa que parece estoy viendo,
mientras juntaba para mí
piedras pequeñitas.
Que están junto a las velas.

Un barrilete de palabras, que no cesa: ***"Y hay otro que es mejor, que no lo tengo"*** y me lo describía. Y lo estoy viendo.

Siempre hay otro que es mejor. Tal cual el punto, que no es final,
sino aparte.

Como ese de arriba. Y el torrente no cesa.
Y el barrilete de palabras no cae:
"Estaba tan lindo Colón. Gris y ventoso.
Bueno, ya te conté todo, y ahora falta mi parte. Este fin de sema-
na me encontré..., no, pará que te traje un recorte
de un diario que no sé si lo viste, y me acordé de vos, por lo que
hablamos. A lo mejor te sirve"
Y me servía.

Como sirve el dolor en el insomnio,
cuando se atraviesa la pared irrevocable y la energía del otro
anda aquí cerca,
y las hojas de sauce llorón ya están secas,
tal cual como ya estaban cuando me las trajo envueltas
cuidadosamente.
Secas, para su asombro. Un niño.

Un manotazo duro. Un golpe helado. Un hachazo invisible y ho-
micida.
Un empujón brutal me ha derribado, decía Miguel Hernández.

Y yo intentando escribir otras palabras.
Tal cual la ingenuidad de un niño: otras palabras más precisas que
esas.
Imposible.

Pero las velas arden en esta madrugada
en que yo he decidido tomarme por asalto en las palabras
y no puedo parar.

Quizás si me decido, si me sorprenden las cuatro y aún estoy
escribiendo,
decida que es Mariano. Él y ninguna otra persona el que me dicta
esto.

Después, de todo, como decía el poeta,
"nadie sabe del todo lo que le ha sido dado escribir".

Cuando viene el lobo el pastor grita pidiendo auxilio.
Qué pastor mentiroso. Cuando el Lobo de verdad viene,
no se anuncia.
Pero alguien, seguro que alguien lo convoca.
No hay que convocarlo. De ninguna manera.
El miedo es algo saludable a veces, moraleja.
No siempre es malo tener miedo.
A lo sumo trae anginas, nada más.
Como a vos.
Y las anginas, por eso del reposo,
nos dan tiempo para reflexionar.

Tener la gentileza.
Un pequeño evangelio conocernos.
Una pequeña gentileza.

Un manotazo duro. Una de cal.
La debilidad del otro indica vida. Una de arena.

Nada malo va a venir de vos, si sos mi amigo, versículo primero.
Nada malo irá de mí hacia vos, si querés que sea tu amiga, versículo
segundo.

Tener la gentileza y tomar el dictado.
Las velas se apagaron y las piedritas **(*"Típicas de Colón,
las ves, María,
tal como te lo prometí, las hojas"*)**
brillan.

Por eso, porque soy o estoy loca, como vos decís,
es que creo que hacer un poema es escribir,
simplemente,
para abajo.

Disculpá la licencia, vos que querés ser un artista,
pero hace rato que no escribo al dictado.

Leelo de corrido, porque ya son las cuatro.

Ya me acuerdo:

Lo primero que le dije a Mariano fueron estas palabras: *"¿Vos sabés abrir la puerta?"*

Lo último que me dijo Mariano fueron estas palabras: *"María, si te querés quedar, ese sillón se abre y se hace cama. Yo me voy a dormir".*

Y subió la escalera.

NOMBRES PROPIOS

A usted
yo no lo miro
mi vida no le importa
amo lo que amo
y sólo eso me importa
y me ve
amo a los que amo
los miro
me dan derecho.
Jacques Prévert

Emilio

Después de su último ataque de arteroesclerosis, hubo que enseñarle a hablar de nuevo.
Él tenía cincuenta y un años y yo cinco. Me acostaba a su lado en la cama y le señalaba el ropero, separando en sílabas la palabra, con aires de maestra ciruela: *ro-pe-ro*.
Él miraba, me sonreía y decía: *va-li-ja*.
Y se enojaba. Pero siempre sonriente. Aprendió poquito a poco, como todos le recomendábamos y por eso debió ser que le quedó grabada esa expresión, como una muletilla: *poquitopoco, poquitopoco*.
La intercalaba en los chistes y en las conversaciones. Cuando yo lavaba el tazón en el que tomaba el mate cocido y lo hacía con puloil, un derroche innecesario, él me advertía: *"poquitopoco, Nuni, poquitopoco"*. Ahí le venía de perillas.
Fue él quien me inventó el apodo Nuni cuando nací, y el único de la familia que lo usó.
Era alto. En verano usaba camisas claras de manga larga, abotonada hasta el cuello, y en invierno saco, una gorra de paño con visera y un echarpe anudado al cuello. Siempre llevaba unos anteojos para sol, de vidrios y patillas negras.
Por las mañanas se apoyaba en la puerta a tomar el sol, de pie.
Por las tardes, a eso de las seis, al volver de sus partidos de truco en el Club Social y Deportivo Ñandú, que todavía existe, sacaba una silla a la vereda y conversaba con su amigo Juan.
Cada vez que salía de la cocina al patio, hacía ejercicios con los brazos. De uno de los postes que sostenía la parra pendía una soga que, pasando por una polea, tenía un palito en cada extremo. Él los tomaba (uno en cada mano) y subía y bajaba los brazos, subía y bajaba. Yo lo miraba y él se reía, tentado como un actor con otro, haciendo una escena ridícula. El ejercicio le estaba indicado, pero no hacía de él una rutina. Creo que salía a buscar la soga cada vez que deseaba fumar un cigarrillo.
Cada día del año, llegaba del Club con su trofeo por haber ganado el truco: un puñado de caramelos Media Hora, oscuros y brillantes. Me los daba. Yo los compartía con él. Teníamos a mano una caramelera de plástico verde y transparente.

Nunca bajaba el nivel de los caramelos. Él nunca perdió un partido. Tres días por semana, en verano, sacaba monedas del monedero de la abuela y me compraba un vasito de helado de vainilla.
Un verano también fue mi primer cómplice en asuntos del corazón. Se asomaba renqueando al pequeño living donde yo leía Misterix y me ordenaba que fuera a la calle porque mi novio José, (él lo llamaba *Coselín*), ya estaba ahí jugando a las bolitas. Me recordaba que me pusiera los shorts. Le debían gustar mucho las mujeres que mostraban las piernas.
Viví tres años en su casa y durante esos años fue el gran compañero de mi infancia. Aprendí, con él, a jugar a la escoba de quince, al chinchón, al culo sucio y a la casita robada. *El truco*, me decía, *es un juego mentiroso. Para los hombres*, me decía.
De él heredé mi pasión por los radioteatros, que escuchábamos con las cabezas juntas, cuatro veces al día.
Le conocí un gran fastidio y una gran culpa.
El fastidio se lo provocaba la adicción de mi abuela a la iglesia. Cada mediodía la provocaba cuando ella volvía de misa de once.
-*Ahí vas a chismosear al pedo, como todas. Si ese dío puto no arregla nada.*
Recuerdo un día en que la abuela se enojó especialmente y le ordenó no blasfemar en mi presencia. Él me guiñó un ojo.
-*Yo lo puteo, pero el barbudo sabe que somos amigos.*
La abuela elevó los ojos y las manos juntas:
-*No sé por qué no me metí a monja en vez de casarme con vos.*
-*Porque antes* –dijo él- *no te gustaban tanto los curas como ahora.*
El momento siguiente es tan claro como si estuviera sucediendo ahora: los dos riendo inconteniblemente sobre los platos con sopa de verduras mientras la abuela, con aires de virgen ultrajada, se levanta y pone a calentar la plancha para los bifes.
Su gran culpa tenía un origen político: en el año mil novecientos cincuenta y cinco había colgado de la pared una foto de Lonardi, recortada de un diario. Acto seguido, le clavó tres alfileres en cada ojo. Cuando Lonardi murió, se sintió responsable absoluto del suceso y para siempre. Había matado a Lonardi.
Creo que él era más creyente que mi abuela.
A siete cuadras de su casa, solía estar parado en la vereda un viejito muy parecido a él. Alto, con anteojos negros, tomando sol. Después

que Emilio murió, mi madre y yo pasamos muchas veces frente a la otra puerta, volviendo a casa, aunque el camino era más largo. Cuando veíamos al involuntario doble, nos parecía que él todavía vivía. Un día también dejamos de verlo. Mi madre dijo:
-*Los viejitos se van.*
Él se fue cuando yo tenía doce años. Lo encontró su hijo menor al amanecer un lunes, cuando él volvía de un baile.
Emilio siempre lo esperaba despierto, con alguna broma. Cuando mi tío lo vio con los ojos cerrados, pero sonriente, creyó que en cualquier momento le iba a hablar, porque ese domingo Boca había ganado una vez más.
El médico dijo que no sufrió, que no se dio cuenta. No estaban revueltas las mantas ni las sábanas. Sonreía. Tenía las manos cruzadas sobre el abdomen, como siempre. Se le paró el corazón, simplemente.
Esto se lo he contado una y otra vez a una amiga, que invariablemente me responde:
-*Qué buena persona debe haber sido, para morirse así.*
Tenía cincuenta y nueve años.
Había esperado la jubilación por invalidez durante más de una década. Quería ser él quien costeara mi fiesta de los quince años.
Se la otorgaron cuatro días después que lo enterramos, provisoriamente, en Rosario.
Dos años después lo trasladamos a Arequito, su pueblo natal.
El día que encerraron su ataud por segunda vez en un nicho, fue el último que pisé ese cementerio.
Mi abuelo Emilio, el padre de mi madre.
Mi abuelo Emilio, que se quedó dormido, que no sabe que se murió.

Héctor

Una vez fuimos los dos solos al museo.
Yo estaba en cuarto grado y habíamos competido con los demás colegios en un multitudinario concurso de manchas que consistía en pintar el Monumento a la Bandera desde distintos ángulos.
Fuimos al museo el día en que se exhibían las pinturas premiadas y por supuesto que la mía no figuraba. Yo no había heredado tu facilidad para el dibujo.
Pero paseamos todo el museo de la mano, y de regreso a casa compraste témperas, acuarelas y hasta óleos. Muchos pinceles, cartones y cartulinas. Durante dos o tres semanas embadurnamos toda la casa. Mamá se enojaba. ¿Qué capricho era ese?.
Otra vez, mucho tiempo más adelante, fuiste al Club para verme debutar como arquera en un partido de hóckey. Mientras corríamos por la cancha calentando las piernas, minutos antes del primer tiempo, una compañera de mi equipo me partió la ceja derecha de un palazo. Me sangraba mucho. Me pareció que no te habías dado cuenta, porque fumabas un cigarrillo charlando con el entrenador. Entonces te dije que me había lastimado con la puerta de acero de un armario del vestuario, para que no me prohibieras volver a jugar. Creo que no te tragaste la mentira pero hiciste como si, y después de ver el partido, almorzamos juntos, solos: Gancia con Campari y palitos salados, lomito con papas noisette, vino blanco helado, flanes y café.
Fumamos de tus cigarrillos importados, regalo del Negro Araya, que venía de Puerta de Hierro con noticias sabrosas y cartas clandestinas.
Lo imitaste al Viejo, para mis amigos del Club. No creo que hayan sabido apreciarlo.
Otra noche, ya estando yo en Buenos Aires, fuimos juntos a ver El Padrino. Después comimos una pizza deliciosa y me compraste violetas. Te hablé mucho de ese novio y no te gustaba, pero hiciste como si. Me acuerdo que te pedí dinero para comprarme un tapado. Me lo diste al día siguiente, tras mucho protestar, por puro vicio de hacerlo, porque te gustaba regalarme cosas.
Y una tarde, me encontré con tu mirada en medio de una asamblea

en contra de la Conducción de la que formabas parte, justo cuando yo hablaba mal de ustedes.
Había compañeros despedidos injustamente y yo proponía organizar una manifestación y llamar a los canales de televisión, para denunciar a gremialistas que se comportaban como jerarcas.
Yo sabía que vos no estabas de acuerdo con el despido, pero estabas del otro lado. Como digo, encontré tu mirada y una sonrisa leve de aliento. Me contaste, después, que te estaban diciendo: *"Decile a tu hija que la corte, que se quede en el molde".*
Era el año 1972 y hay una foto de ese día.
Es previa a la Asamblea y en ella está Andrea, a quien reencontré hace poco; Liz, que desapareció; Jorge, conductor de la Comisión Interna de la que formaba parte, a quien me autorizaste, después, a "guardar" todo el tiempo que fuera posible; yo, muchos años más joven igual que vos, sano todavía. Estamos uno en cada punta del grupo. Se nos ve muy parecidos, tal como dice la gente que somos.
Creo que nunca volvimos a ser tan compinches.
Te volviste a casa cuando enfermaste.
Me quedé en Buenos Aires.
Crecí. Envejeciste.
La última vez que estuve en Rosario, buscando un libro perdido, encontré una carpeta con los dibujos que hiciste cuando adolescente.
No los veía desde que era una nena, desde que me los mostraste en aquellas semanas coloridas que siguieron a la visita al Museo.
Mirando los bocetos firmados sobre hojas canson amarillentas, recordé ese paseo.
El primero de los retazos de conocimiento y búsqueda que nos permitimos.
Y el mejor quizás.
No tenía ningún recuerdo de un papá joven.
Y creo que nunca, nunca, fuiste tan joven y tan papá como aquel día.
Aquella mañana de sol en que te compraste pinturitas para jugar y me ayudaste a empezar.
Me enseñaste a comprender que la creación es un trabajo con otros, que tiene mucho de complicidad, de juego.

Buenos Aires

> *Yo voy hacia tu luz, que brilla y*
> *que se apaga,*
> *titubeando, cayendo, levantándome.*
> Nazim Hikmet.

Pálida y perfilada en las orillas ondulantes del mapa,
acariciada por el agua,
como una gran placenta devoradora sos.

Sos, nada más, un gran mosaico feroz
y una alternativa constante de mil espejos sos.
Sos mi expectativa
más cercana y más abierta vos.
Mi llanto a las dos de la mañana sos, mi miedo al abandono repentino
sos, mi recuerdo de provincia sos, mi madre lejos y la calle sola sos.
Sos el domingo vacío y lleno de ruidos familiares en la casa de al lado
comiendo los ravioles,
el bar a cuatro cuadras para tomar un tardío desayuno leyendo cuatro
diarios y sin leer ninguno sos,
el teléfono que suena sos, el timbre que no suena sos, mis amigos
entrañables y mi nostalgia de aquel día sos,
el lugar donde todo *sería* posible sos,
el lugar donde todo **será** posible sos.
La ciudad más hermosa del mundo sos
la ciudad más inhóspita del mundo sos
la ciudad más hospitalaria que conozco sos
la ciudad más sorprendente del mundo sos.

Y el caerme y levantarme y no rendirme a vos.

Sos Corrientes y Recoleta y Palermo y Colegiales y Belgrano
y Mataderos

y sus bares abiertos y su lluvia
y mi divorcio del asombro y mi bautismo del asombro
y la alegría
y mis temores
y mis pecados inocentes y temidos
y mi tuteo repentino con la muerte.
Y vos.

Segunda fundación de Hugo Diz ♣

> *Y la poesía, que es un vehículo real,*
> *elegante y noble, no hace fábulas.*
> *Aunque quiera, no me deja mentir.*
> Hugo Diz, "Las alas y las ráfagas"

Las cosas comunes, y también las cosas en común: Malén, mujer, árbol, Peuén, el bar El Cairo, la ciudad de Rosario, el café. Y esa clase de belleza tan fría como el mármol de Carrara, que abunda últimamente. Y las peñas de nuevo. Y vos. Y las peñas, los rincones para el canto poético. Y vos.
Ya no con el sweater naranja, ya no con aquel pantalón de corderoy, ya no la campera y la bufanda aquellas. Pero y vos.
Y yo.
La misma inteligencia del corazón aun en la desinteligencia, la misma sabiduría pero y vos y yo y unos cuantos años más en los dos.
"Mis ideas también tienen kilos de más, canas, alguna que otra herida".
Así me dice un actor casi todas las noches de la semana, sobre un escenario, con palabras de otro.
"El oficio de nosotros, gente de teatro, dice Sthreler, *es hablar a los otros con palabras de otros. Para no hacerlas morir".*
¿Notás? Para no hacerlas. No para no dejarlas. Hacer es activo. Si dejamos de transmitirlas, de hablarles a los otros usándolas, las hacemos morir. Somos como asesinos.

Antes de aquella noche en que me vieras por primera vez actuando, (yo ya había leído páginas de imprenta tuyas) antes de aquella noche

---

♣ Todas las palabras subrayadas pertenecen a Hugo Diz, que nació en 1942 en Rosario y vive allí desde entonces. Tiene editados más de diez libros de poemas, ha escrito una obra de teatro, compone chamamés, filma. Fue dirigente gremial, y vive de su sueldo de corrector en un diario. Fundó una hermosa familia. Al igual que a Olmedo y a Fontanarrosa, en Rosario poca gente ligada al medio de la comunicación no lo conoce. También lo conoce Ernesto Cardenal. También Fernández Retamar. Este último lo ha definido como uno de los mejores poetas argentinos.

del '77 en la Sala Planeta en Buenos Aires, antes digo, pasé trémulamente una muestra final de un segundo año de teatro, balbuceando frente a quince compañeros y un maestro (las rodillas temblaban, te lo juro. Corrían los '75). Trémulamente, lo repito:

> *"por la humedad, dicen, temiendo el desenlace la*
> *muerte virgen*
> *temiendo enmohecerse u oxidarse, la bala..."*

Y cuando terminé de jugar con tus palabras, cuando acabé de darlas vuelta, ir y venir por tus palabras, traspalabrarlas, Hugo, transformarlas por momentos en un canto trivial, por instantes en farsa, vi ojos con alguna que otra lágrima asomando, escuché, sentí ese inequívoco silencio que sucede al Teatro.
Sentí alivio.
Y terminé con el deber: *"texto poético perteneciente a Hugo Diz, un poeta rosarino.* (PAUSA)
Contemporáneo y vivo (Ah, qué bien me sonaron esas dos palabras, Diz) (PAUSA LARGA) *Y yo lo conozco bien, porque es mi amigo".*

Pero ya no el sweater naranja.
Ya no la guitarra en mano en lo alto, en la escalera, para infarto de mis adolescentes ojos, pero cuánto amor dejado en las esquinas hasta hoy.
Los dos dejando amor en las esquinas como en tu primer volumen, che Diz, que decís que cuando pibe eras un *gil frente a mí candorosa.*
Ah
pero si el candor es creer a pies juntillas que mi amigo el poeta me quiere
oh
candor, bienvenido.
Pero qué suerte, qué suerte habernos conocido y ser crecidos.

> *"Hoy es el día*
> *Que ayer nos impusimos"*

Y no es lugar común. Ni palabras con belleza de Carrara. Y a lo mejor ni siquiera con belleza, como reclama tu hija en un justo reclamo. Ni palabras solamente, Hugo Diz, poeta rosarino y peronista.
Son cuatro palabras nada más: qué suerte habernos conocido.

> *"Lo que tocas tiene dos opciones:*
> *equilibrarse o romperse."*

Y haber crecido.
Y el Gordo Justo, y el Negro Fontanarrosa y las pruebas de imprenta y el diario La Capital y tu amigo de los hermosos ojos que me llevó a tomar café al boliche de Manuel (*mirá, el que te lleva es radical, pero es un buen muchacho confundido*) y vos, que finalmente al boliche de Manuel nunca viniste.
Y Rosario de nuevo, con vos y con los otros pero de otra manera.
La candorosa que volvió a la casa paterna y se acostó como antes (como hace ya dos décadas) jugando con el lápiz, con ganas de despertarse y seguir jugando con el lápiz.
Y escribirle una carta al poeta.
Refundarte como un lugar al que se puede volver siempre.
Refundar en vos a esa ciudad "*mercantilista, olvidada, autofundada,*" que nos hizo de cuna. También a la bandera.
A ella para bañarla en nuestra sangre.
A mí, para dejarla y volver siempre.
A vos, poeta, para proponer que la poesía no mida más de un metro ochenta.

> *"Una manzana partida en dos*
> *es pensar demasiado en uno*
> *mismo"*

Yo te amo, Hugo Diz, por lo mismo que otros, seguramente, no habrán de perdonarte. Por vivir abstraído, dentro de la tenacidad casi prepotente que tenés con las palabras, para hacer, con todas ellas, tu poesía.

Antonia

A mi gata Antonia y Alberto Olmedo.

Eres el dueño de un ámbito cerrado
como un sueño.
A un gato - Jorge Luis Borges

Antonia y Alberto brujos los dos eran, son.
Curiosos los dos, de melancolía irreductible y de largos espacios vacíos.
Con enormes momentos de blancura que no es capaz de interrumpir ninguna nube.
La Negra y el Negro, hechiceros los dos, nacidos en distintas galaxias, en edades diversas pero, eso sí, dotados.
Poseyeron, poseen, la magia y el pudor a un tiempo.
Todos los secretos, la viva voz, el juego.
Los abismos.
Y un solo, único signo social: la irreverencia.
Una (ella) continuista del Otro, militante a cuatro patas en firme de la guiñada de ojos, la cabriola mortal y perpetua, la felina sonrisa de seducción, de gato de Chesire, de acecho.
El Otro (él) cruzándosele en el devenir sin tiempo de los magos, le sonrió dos veces: dos legados.
Le confió la Gomera y el Secreto

Y entonces Ella vino a mí:
Y en tanto la describo, les escribo, ella mete sus patas acá, indescriptible, tanto como él. Un ser dos puntos. Un ser. Dos puntos.
El Misterio.

La tormenta en el mar. El rocío en la baranda del balcón.
El aleteo de plumas húmedas que busca un refugio.
La Negra y su instinto y el doble salto mortal hacia las plumas.
Y cae. Hacia abajo, de pie casi. Cae Antonia.

Cayó la gata Negra sobre un colchón de plantas.
Cae. Cayó. Y el signo la sostuvo. Todavía no era.
Quédate aquí, con tus dos gemas verdes. Te necesito.
Oscura como eres. Como él era.
Magia blanca, tal como son los dos.
Como eras ya, cuando en el devenir sin tiempo de los magos el Negro se caía y vos, Negra, venías, brotabas milagrosa y como ahorcada por la mano de un hombre, desde lo más bajo de un mostrador grasiento.
Para venir a mí, pequeñísima, vibrante y majestuosa como el viento.
Como una tormenta suave el ronroneo perpetuo y la Sonrisa, como la de Él, tan oculta y al acecho al mismo tiempo.
Tan rápida en llegar, la última en desvanecerse.

Tal cual como el misterio.

Ciudad de plazas ♣

¿Y fue en esta ciudad de plazas encerradas en sí mismas donde empezó el misterio?
Globos de luz amarilla, mortecinos.
Boites abiertas cercanas a las plazas y al verde, siempre un rincón para el amor, abierto.
Recuerdo todas las plazas despobladas. Siempre, como un milagroso regalo del paisaje.
La placita del hombre alto.
El tobogán oxidado y tapizado descuidadamente de hojas amarillas.
La calesita a veces encerrada en esa lona a punto de pudrirse; otras veces regalando la sortija.
La placita de enfrente, donde él llevó mi mano a su entrepierna y me hizo sentir su deseo.
El seto de ligustro.
La esquina del chalé del Inglés, a pasos de la iglesia.
La plaza frente al club, (el parque, no la plaza) Independencia.
La plaza de los colectivos, siempre llena alrededor, el Normal, la gente, los hoteles.
La placita que se aparecía de golpe, entre dos calles.
La plaza enorme de barranca pura que rodea ese sector de la ciudad que cada vez que vuelvo es diferente.
Aquella placita camuflada cerca del Monumento.
Y la colina cerca con la Casa de Té donde él y yo nos encontrábamos, enamorados.
Creo que nunca volví a estar tan enamorada como lo estuve de Preppie.
Y el enorme espacio de cielo y de césped donde **una nube blanca se posó sobre mi cabeza y creo que todo lo que desde entonces viví, sufrí e hice fue para recuperar esa nube blanca que nunca más va a volver a posarse sobre mi cabeza.**

♣ Las palabras subrayadas son el recuerdo (no sé si exacto) de un fragmento de la pieza teatral "Visita" de Ricardo Monti, que me hicieron desencadenar un llanto inexplicable al fin de la función y, años después, este texto. No he querido recurrir al original porque, en todo caso, creo desde entonces que eso es lo que decía.

Fue entonces en esta ciudad donde empezó el misterio. El rosario de cuentas anudadas una a otra, de cuentas sin saldar. El Rosario de cuentas separadas entre sí por misterios.
Fue en esta ciudad de avenidas de mercurio. La más grande es de cremas heladas.
Fue en esta ciudad venturosa que tiene rincones para el canto, rincones como islas eternas para el canto poético, rincones como rincones de refugio, rincones de poeta, donde algunas veces me sentí arrinconada.

La plaza que no sé cómo se llamaba, ni siquiera sé si era una plaza y hoy ni siquiera lo es, sólo es un lugar llamado Plaza España.
Pero ese río...
Plaza España.
Ahí, en un anfiteatro he oído a un rosarino decir que tiene la impresión de que los porteños creen que nuestra ciudad es un parakultural de un millón de habitantes donde, permanentemente, de las ventanas y balcones e inclusive de las ventanas de casas de planta baja, caen artistas variados, músicos, poetas, actores que actúan fantásticamente y la única Nueva Trova de todo, todo el tiempo.
Rosario, como alguna vez escribió Elvio Gandolfo, está teniendo estos días una llovizna calándome los huesos mientras a mi lado desfila la villa miseria que se agarra con uñas y dientes a la barranca.
Rosario, como alguna vez dijo Fandermole, más que nunca me parece una ciudad donde la gente se muere sin creer absolutamente en nada y a la vez todos están enamorados de todo.
Rosario, esa mujer indescriptible. Rosario, mi único amor inenarrable.

...cuando yo era chica, Rosario era **mercantilista y portuaria**. *Y* **autofundada**, *como escribió Hugo Diz. Rosario, mina* **sin acta de fundación**, *que es como ser casada sin derechos legales, hoy está más coherente que nunca con su origen: en bolas y sin documentos. Como yo, esta mañana frente al Monumento, donde muchas veces tuve guantes blancos y gabán azul y los labios pardos partidos por el frío, y el delantal almidonado y las rodillas ásperas y la piel seca. Sin olvidar la escarapela.*
Hoy he comprado una que luciré en la solapa de mi tapado.
Paro la caminata para prendérmela y para fumarme un pucho senta-

da en la vereda justo frente al Randevú. O Rendez-vous. Siento algo que sube y baja por mi esternón y no es el humo. Es el recuerdo de las enormes, blancas y blandas tetas de Rita La Salvaje que metía la cabeza de mi marido entre ellas, la noche de mi casamiento y le deseaba una buena vida. Estábamos con nuestros amigos porteños, porque volví a Rosario a casarme por iglesia con un porteño. Pero mi estado civil es soltera.
Ella tenía una canasta llena de caramelos en el brazo, un silbato en la boca y de su pelvis y de sus pezones colgaban bamboleantes y escasos hilos de plata, Se había sacado el impermeable de un saque quedándose desnuda. Tenía sesenta años. Santa Rita.

La peatonal San Martín está vacía. Compro unos cuadernos con tapas de hule negro y flexible, que no veía desde hace mucho. Son como grandes libretas de almacenero. Y me meto en El Cairo. Sigue sucio y vacío. Fecho los cuadernos tomándome el primer café y voy por el segundo. Es el mejor café del mundo y añoro a Buenos Aires, y sé que al llegar allí tendré un flash. Y querré abrazarla por detrás.

...cuando yo era adolescente, casi chica, casi una mujer, Huguito Diz no tenía barba blanca y pelo blanco como ahora. Yo tampoco me teñía de caoba. Era casi azul mi pelo de tan negro. Y Hugo publicaba su primer libro de poemas y desde lo alto de una escalera, en la peña "La Casa de la Abuela" me cantaba, guitarra en mano y pullover naranja, "Para ir a buscarte". Él quería viajar a Buenos Aires y yo odiaba esa ciudad. A él Rosario "le quedaba chica" y yo odiaba la metrópolis, como la llamaba mi tío Bepi. El se quedó en Rosario, fundó una familia y muchísimos libros y yo vine a Buenos Aires y me fundé una fe: el teatro.

Dice Hugo ahora que la Avenida de Circunvalación abraza a Rosario por detrás, como quiero hacer yo con Buenos Aires. La abraza con miseria, con pequeñísimas casitas improvisadas en cartón y en lata, la abraza con miseria y con tristeza. El fin de milenio abraza a esa mujer hermosa que me parió tan cerca de ese río. Esta mi ciudad siempre vivió de cara al río.

...cuando yo era adolescente, iba a La Florida y allí en la playa paseaba con pudor mi fortachona y dura humanidad que tanto me acomplejaba. Siempre me creí demasiado carnosa, demasiado culona, demasiado petisa, demasiado morocha. Nunca me creí agradable. Pero igual los muchachotes me decían cosas lindas y soeces junto al río. Los primeros cigarrillos clandestinos, los primeros levantes, los mosquitos inmensos, la cerveza con Crush, las motos, los amigos, los bailes en el Náutico, los sauces, las hormigas...

Cuánta melancolía encierra esta mañana gris, lluviosa. Camino a contramano. El cirujano acaba de mostrarme el meningioma, que, como una pequeña uva blanca nada en una botellita con líquido transparente. Tiene algo adherido. El cirujano dice: *"es un pequeño trocito de meninge, ahí estaba"*. Acaba de sacarlo de la cabeza de mi madre, y me tranquiliza. Ella está en terapia intensiva, fuera de peligro, y yo camino a contramano en esta ciudad que acaba de recibir al Presidente en el Monumento. Esta ciudad vacía. La humedad sube lentamente desde las suelas de mis zapatos mientras yo constato cuantas cosas faltan que yo tan bien recuerdo.
En cada lugar donde yo fui feliz, hay un Mac Donalds o un templo lleno de gente desesperada y mesías estafadores.
Pero mientras las lágrimas luchan por asomar y no las dejo, estando acá me siento hermosa. Rosario está llena de mujeres hermosas. Rosario **es** una mujer hermosa que en sus negocios de ropa heavy te ofrece a Rucucu en una camiseta negra y a Patoruzú con camiseta de Central. Y yo también, como Fito, soy "canalla" desde mi más tierna edad.

....cuando yo era chica, vivía a escasos cincuenta metros del pavimento, y cuando llovía mucho era imposible salir sin embarrarse. El 8 de diciembre tomé la primera comunión, y mi padre me alzó en sus brazos y caminó media cuadra hasta el pavimento llevándome, como a una novia, para que yo no manchara el impoluto vestido blanco con prolijo limosnero con detalles de puntillas colgando de mis manitas enguantadas. Me sentía importante renunciando a Satán, a todas sus tentaciones y a todo lo demás que traía Satán, el ángel caído. Pero por sobre todas las cosas, me sentía feliz porque mi padre me llevaba en sus brazos y nada malo podía pasarme, nada podía mancharme... Hay muchas fotos del día de mi primera comunión,

pero ninguna en la que mi padre me lleve en brazos. Sin embargo, recuerdo ese momento, si cierro los ojos, con la nitidez de quien tiene una foto en blanco y negro, de tamaño natural, ante sí.

Qué hermosa foto me haría en este momento, si tuviera una cámara y si tuviera un fotógrafo. Deformación profesional. La ciudad está vacía. El Monumento también. Pero no el río. Esta ciudad siempre vivió de cara al río. Un río que a veces crece y produce desmanes. Me gustaría cruzar en lancha hacia la isla, pienso. Me siento en la escalinata y enciendo otro cigarrillo. La humedad hace que los ojos se me llenen de lágrimas. Miro el río y una vocecita boicoteadora susurra en mi interior que me metí en camisa de once varas sentándome aquí y contemplando. No hay nada peor que un actor contemplando. La palabra misma, actor, ya te lo dice. No hay nada peor que contemplar. Porque tenés que actuar en consecuencia. No voy a cruzar a la isla porque hace mucho frío, pero tampoco voy a llorar si nadie me acompaña, como dice Charly García. Si él también fuera rosarino yo cantaría bingo.

...una vez bajé al río en medio de una fiesta. Era justo aquí. Yo tenía... diecisiete, a lo sumo dieciocho. Y él me siguió, gritándome Alfonsina. Yo tenía pretensiones de poeta y estaba enamoriscada de un poeta y él, que era deportista, se mofaba, despreciaba todo intento literario. Era timidez y hosquedad, nada más, pero acentuaban la mía. Yo bajé al río, no con el intento de suicidarme. Después de todo, es un río hermoso, pero no es el mar. Y además bajé corriendo. Hipotéticamente Alfonsina se internó entre las olas lentamente. Es una imagen más poética. Pero yo bajé en un rapto impresionante de vergüenza. Llevaba mi vestido de graduación de gasa doble, blanca, con una hebilla de strass. Y abandoné los zapatos blancos detrás del mostrador del lugar donde se hacía la fiesta. No quería estropearlos. Eran caros. Metí las piernas en el agua fría, resbalé, caí de culo, netamente de culo. Estropeé el vestido y volví mancillada hacia la fiesta para encontrarlo a él bailando con otra que ya ni recuerdo quién era. El dueño del lugar salió para alcanzarme los zapatos y un mantel para cubrirme el vestido y me invitó a bailar. Esa noche me tomé

cuatro whiskys y vomité en el baño del lugar y curiosamente lo recuerdo como una noche feliz. Yo barranca abajo en medio de una fiesta, corriendo hacia el río, la gasa blanca flotando alrededor... era el vestido de graduación. Entonces yo tenía dieciocho. Y de alguna manera, sufrir por un hombre me hacía feliz, me sentía capaz de raptos importantes, como bajar descalza al río en medio de una fiesta. Y mi pelo era azul...

Pero el café no está, no existe. Nada es igual en ningún lado donde alguna vez fuiste feliz. Del que te fuiste. Pero de Rosario no se va nadie. Me metería al río. A Rosario y al río es imposible dejarlos, aunque estés en Europa. De vuelta al bar El Cairo. Dejo los bártulos sobre la mesa y el mozo me sonríe. *"Haga de cuenta que está en su casa, María"*. Es que estoy en mi casa, no le contesto, pienso. Le sonrío.
Mi casa. Más que eso.
Hoy es veinte de junio y mi madre se encuentra en terapia intensiva, con un pedacito de meninge menos, adherido a una uva blanca que la amenazaba. Y yo estoy en Rosario lluviosa.
Hoy es veinte de junio y en las calles hay barro y mi padre no se encuentra. No está. Ya no está.
Y yo estoy en Rosario, arrinconada.
Hoy es veinte de junio y yo estoy en mi patria, con una escarapela redondita y fruncida en la solapa. Hace frío. La humedad me hace resbalar el pocillo y la lapicera de las manos. Eso es, la humedad. La humedad es lo que mata aquí en mi patria.
Porque la patria es la infancia, y nada más. *Calambres en el alma...*

EL HOMBRE, POR LLAMARLO DE ALGUNA MANERA

Oh, qué desagradable – dijo, al cabo de un rato- Jamás conocemos a nadie que nos merezca siquiera un poco.
Erica Jong

Breve letanía interrumpida dirigida al Shá de Pérsica

Ahora, contemplo el techo que sucede, inamovible y claro, en la penumbra de la madrugada. Ahora, intento pensar en inglés, portugués, o francés. Prender un cigarrillo. Jugar con palabras distantes, con letras parecidas, para llenar la espuma del insomnio.
Oh, violado violín, violeta y violentado, violoncelo violáceo, violetero violón, violoncelista que, violentamente violenta viola el violario y el violinista vira al viógrafo con error de ortografía.
Alguna vez leí algo parecido.
Tomar un té. Esperarte.
Ah, mi Shá de Pérsica. Caen las lágrimas, caen.
Ya no mis pies que creí feos escondiéndose entre las sábanas. Ya no mi nariz con puntos negros. Ya no mis manos que no quería, que quiero, tan útiles y rápidas y dadivosas, que saben tejer, que saben bordar, que abren la puerta para ir a ensayar.
Que tocan el espejo a la mañana. Que no quieren tocar más el espejo a la mañana.
No, mi Shá de Pérsica, basta de espejos grandes o pequeños, fragmentarios.
Me he mirado durante años en un espejo roto, un espejo por partes, todos los pedazos, fracciones, detalles, porciones que más te han gustado: el espejo-culo, el espejo-ojos, el espejo-mente, el espejo-la-comba-morena-del-vientre.
Ah, mi Shá de Pérsica, trata, haz un esfuercito, te lo pido. Junta todos los pedazos en tu boca. Ríetelos, asómbratelos. Y te los enloquezcas, y te los mires en las manos si te quedan.
Ah, mi Shá de Pérsica.
No tenías forma y menos nombre. Y los fuiste cambiando a través de años incontables, Shá de Pérsica.
Tomaste formas más o menos increíbles: fuiste el probable, el imposible, el que se dejaba amar, el que dejé que me amara, el que destruyó el mito del himen perdido después de veintiún años de entrecruzar las piernas.
Fuiste el que dejé llorando en una cama matrimonial que hacía mucho ruido y en la que ahora duermo, pero sola. Y otras veces, fuiste esa angustiosa sensación de "¿será éste?". Siempre, casi, pasaste a

ser la empalagosa certeza de "éste tampoco es", que me asaltaba de repente. Empalagosa pero certeza al fin. O tenías veintitrés años en lugar de treinta y uno, o una mujer y un hijo y no veintitrés años, o eras deportista o escritor o actor o judío. (¿Qué tiene que ver que hayas sido judío? Nada, excepto la judía que había llegado antes que yo y que a menudo dejaste envuelta en lágrimas para pedirme ayuda).
Ah, mi Shá de Pérsica, tuviste variados nombres y color de pelo y estaturas, y ojos con y sin anteojos, rostros con y sin barba, penes con y sin circuncisiones, con y sin amor, mi Shá lejano.
Petiso, alto y flaco fuiste y también rubio, y moreno y ondulado y también lacio, de espaldas anchas y tuviste bigotes y una barba rebelde y semita, y más bajo que yo y gordo, y con barriga incipiente o declarada otras veces y famoso y anónimo y platónico y no. Y fuiste amigo mío o conocido o amigo de mi amiga y novio de la otra y yo se lo sacaba y también marido divorciado de aquella actriz tan loca que se ponía pestañas postizas a las tres de la tarde.
Pero eso sí, Shá, siempre fuiste talentoso. Y loco.
Por eso soy tan loca. Y talentosa. (Esta modestia me empeora cada día, me incentiva la locura y la agonía).
Ah, mi Shá de Pérsica, es noche. Y hace frío...
Me he mirado en tus espejos que nunca devolvieron una imagen entera. A veces, te perdiste para siempre. Otras veces, algunos de tus trozos quedaron esperando en el vacío y de noche me acechan y me buscan. ¿Qué habrá sido –pregunto- de tu espejo-Rodolfo, de tu detalle-Enrique, de Alfredo-los-añicos? ¿Me recuerdan, me ríen, se preguntan a veces?
Las cosas inconclusas, Shá de Pérsica...
Dejame que te encuentre. Dejame que me mire en el espejo total que estoy buscando ahora, resignada a no ser María Félix, sino este simple y complicado y desesperante montón que late dentro mío, esperando una forma corporal definitiva que la ubique en el mundo.
¿Cuál será mi piel sino aquella que reconozcas con la tuya, pudorosa, tranquila, despaciosamente?
Despacio esa mente.
Despacito, mente.
No te apures, mente.
Caen las lágrimas, caen, mi Shá del alma.
Estas canas molestan porque no son canas premeditadas, sino tan sorpresivas como tu ausencia, como tu intempestiva presencia que

se anuncia y se escapa.
Dame tu mano izquierda.
Dámela ya, ya, te estoy diciendo.
Nube Negra.
Así se llama el cielo, el día, el Shá de Pérsica de ahora y de mañana, cuando pienso en morirme sin haberte encontrado, cuando pienso en morirme mañana, en morirme en tu ausencia, en ausencia del espejo total, donde mirarme, donde verte.

El hombre

Él vive en un edificio muy antiguo, en el cuarto piso. Largas escaleras. Hace unos meses se cayó el ascensor y desde entonces no terminan de arreglarlo. No hay portero eléctrico, de manera que cada vez que voy a su casa debemos arreglar una cita exacta para que él me espere en la puerta, que de noche permanece cerrada. O telefonear desde algún lugar cercano para avisarle que llegué. Entonces él baja a abrirme. La última vez que tiró las llaves desde uno de los balcones, se partieron contra la vereda. Por eso él baja a abrirme. Las escaleras, las puertas, el ámbito todo es viejo y está oscuro, pero su casa es una explosión de luz y color. El hombre también es así. Con sombras y luces. Con rincones insospechadamente conservadores. Con espacios abiertos.

En la noche anterior, mientras pensaba en una nota acerca de la ley de teatro, tomando mate, me llegó un sueñito al que me entregué vencida. Abrí los ojos a las diez de la noche, y lo primero que vi fue su rostro, enmarcado frente a mí. Se lo ve hermoso. La tomó un fotógrafo inglés en el último espectáculo que hicimos juntos. Bajo a telefonearle. Quiere verme. Lo dice apenas oye mi voz.

Me pongo un toque de Cloé, retoco mis labios. Apago las luces y cierro con doble llave la puerta. Salgo.
En la calle tengo un altercado con un tipo que intenta que lo deje entrar al edificio sin tocar el portero eléctrico, para darle una sorpresa a la mina del sexto b. Discutimos porque no quiero. Ya robaron varias veces acá, a mí entre otros. El saca del bolsillo de la campera un chocolate. Enorme. *"Quiero golpear la puerta y darle esto. Me quiere, pero está muy enojada conmigo, no me dejaría subir"*. Le abro, pensando que al fin y al cabo no tengo nada ya de valor que alguien quiera llevarse. Por otra parte, este señuelo para robos no ha sido detallado por la Policía Federal en sus avances de prevención. Además, quizás ayudo a ser feliz a una colega de sexo. Y mis ahorros están conmigo. Exactamente cincuenta y dos australes y trece dólares.

Cuando llego a su casa, la puerta principal está abierta. No tengo que telefonearle ni esperar a que baje, de manera que corro por las escaleras y cuando él me recibe estoy muy agitada por el ascenso. Él pregunta: *¿viste vos lo que es el tabaco?*
Caminamos abrazados hasta la cocina, hacia el fondo del departamento. Pero no es un abrazo amoroso, sino de puro afecto nomás. Lo que hace que sea más abrazo aún. Corta salame, queso, pan fresco. Destapa una botella de vino tinto y pesado. Me dice que tiene alcauciles y pimientos rellenos en el horno. *¿Quiero unas empanadas?*
No sé si me está agasajando, o si cree que el escaso laburo me tiene muerta de hambre, o si quiere engordarme por alguna inclinación perversa.
O si, simplemente, cada vez le gusta más comer.
Ante la duda acepto todo. Empiezo por el queso.

Estamos tirados en el suelo de su estudio, inmenso. Sólo la luz que llega de la calle a través de los enormes ventanales.
Bastante alejados el uno del otro.
Él pregunta: *¿cómo andás de plata?*
Yo contesto: *mal, terrible.*
Él propone: *¿por qué no me traés las boletas que tengas, gas, luz? Yo las voy pagando. No vaciles en pedirme dinero.*
Yo agradezco: *Te agradezco.*
Nos quedamos en silencio un largo rato. Después, él empieza a contarme el nuevo trabajo que está haciendo con uno de sus mejores alumnos. Es el único interlocutor que tengo para reflexionar acerca de nuestro trabajo. A veces me punza, me compara con gente que no quiero. Pero me da placer hablar con él.
Charlamos un rato largo sobre la posible estructura de un taller para trabajar con el texto que traigan los alumnos, un texto propio. De pronto él estira la mano hacia mí. Me pide: *vení más cerca.*

Estamos los dos abrazados, besándonos. Este suelo ahora es más blando que mi colchón. Me acaricia largamente la espalda. Los hombros. Suspira. Me gusta. Me quedo ahí, besándolo, acariciándole la espalda, el cabello.

Cuando entramos al dormitorio, mientras nos desvestimos, pensamos que sería divertido hacer un programa de televisión que se llamara *"Cenando con nosotros"*.
Comeríamos mucho, como siempre, hablaríamos de nuestra profesión. Exclusivamente para actores. Para actores que pensaran profundamente en su tarea.
Desistamos, le digo, *no tendríamos mucha audiencia.*
Ni anunciantes.
Nos reímos.
Hacemos el amor despacio. Profundo. Hace muchos años que hacemos el amor. Cada vez es más lindo.
Le digo: *nunca estuviste tan adentro.*
Me dice: *nunca estuve tan caliente.*
Nos quedamos muy quietos, uno dentro del otro. Los dos. Es casi insoportable el placer. Irresistible.
Tanto, que se acaba todo, de golpe.

En la madrugada clara, siento sed. Camino hasta la cocina, arrastrando sus pantuflas, y de paso hago pis. Bebo mucha soda. Cuando vuelvo a la cama, él se mueve despacio hacia mí, me toca. Y esta vez es más largo aún. Completamente silencioso. Y volvemos a dormirnos.

De mañana tomamos mate. Se alegra de que yo tenga que grabar un bolo al día siguiente.
Todo se va solucionando, me dice.
Me da dinero. *No quiero que andes justa.*
Lo recibo. La primera vez que acepto dinero de un hombre que no es mi padre. Todo un paso. Poder admitir que necesito ayuda.

Nos abrazamos fuerte en la puerta. Hacemos una nueva cita para avanzar en el trabajo que planeamos. Le digo que se cuide, que no trabaje tanto. Me pide lo mismo.

Cuando salgo a la calle, me recibe un sol espléndido. Camino hasta la esquina, compro Página 12 y Clarín, me meto en un café.
Hay en uno de los diarios la crítica de la obra que se acaba de estrenar, que él protagoniza.
El crítico cuenta la pieza, como casi siempre. No sé si entendió, pero

parece que le gustó. Es tan buen trabajo el suyo, que es imposible hablar mal de él, hasta para los críticos.

En ese momento me doy cuenta de que es la primera noche que pasamos juntos, en casi seis años. Y he dormido bien, en cama ajena.

En el diario, al costado de la crítica, hay una foto suya en escena. La miro. Me sonrío. Y le sonrío.

Con vos dormí anoche, pienso. Con ese hombre que está en el matutino, en la sección de espectáculos.

Un hombre al que quiero.

El sueño que nos llega

Este cuerpo que te tiene no es aquel cuerpo que te deseó. Este pecho que mi mano acaricia no es acariciado por la misma mano que retorcía nerviosa un pañuelo el día que ese pecho no estaba pecho arriba sino contra el mundo, sobre una lona.
Esta espalda que hoy se vuelve hacia mi mano que la explora y la conoce una y otra vez, no es la misma espalda que se levantaba corcoveante del suelo, hinchada por la respiración, hablando atropelladamente mientras mis ojos la recorrían y la deseaban adivinándola, sin saber qué cosas encerraba esa cabeza oscura y brillante, que ahora exploro con mis dedos enredando y desenredando ese pelo con dedos que no son los mismos, ya, que ansiaron enredar y desenredar esa cabeza.
Esta mano que te toca el cuello y te acaricia para hacerte dormir entre mis brazos mientras te quejás de placer y de rabia por dormirte y de deseo de descubrir cómo es dormir juntos, por dormir nomás, no es aquella mano que retorcía el pañuelo. ¿Hacia qué lugares de deseo viajó después mi mano vacía del deseo de vos o, mejor escrito, ¿hacia qué destinos debió viajar esta mano que era otra, cuando no te tuvo? ¿Qué lugares recorrió hasta encontrar tu marca adolescente en la espalda, hasta ser testigo de tu cicatriz, tu tersura, tu aspereza? Esta mano derecha que a ciegas busca conocerte mejor en la oscuridad del cuarto, ¿qué cosas hizo hasta hoy, en que busca conocerte mejor en la oscuridad del cuarto?
¿Cuánto sucedió desde que los ojos correspondientes a la mano derecha descubrieron que existías en el mundo y que no querían dejar de mirarte?
¿Con qué carga de dolor, de placeres, de experiencia y de descubrimientos, y también con qué ignorancias este cuerpo que no es el que te deseó se tiende al lado tuyo, enrosca su pierna derecha en la tuya izquierda, te contiene y te desea, te sacia y se sacia?
¿Cómo era este cuerpo que hoy te tiene y no te tuvo?
¿Hacia qué deseo viajó cuando el deseo de vos no fue consumado como ahora, que no somos los mismos?
El sueño tarda en llegar. No llega. Tarda en llegar. Llegará siempre tarde. ¿Llegará siempre tarde?

¿Cómo eras cuando este cuerpo que era otro te deseó? ¿Qué era lo que aquel cuerpo deseaba, cuando aún no te conocía como te conoce este cuerpo que ya es otro? ¿Dónde fuimos a morir y a saciarnos aquel cuerpo que tuve, éste que iba a tener y esta cabeza que piensa mi mano, distinta la mano a esa otra que quería y no pudo, y ahora puede y es otra?
Viaja mi mano derecha que ya no es aquella que emprendió este viaje que a tu espalda llegaría.
Va viajando por un territorio que a medida que explora se le hace cada vez más desconocido porque contiene todas las posibilidades: el tormento y el placer.
Viaja esa mano que no es aquella por una espalda que sos vos y todas las mujeres que te tuvieron y tuviste después de que te miré y te vi.
(Porque las anteriores a mi mirada de hace tanto tiempo ya estaban en esa espalda que miraban estos ojos que ahora se abren y se cierran en la oscuridad del cuarto. Antes habías tenido otras mujeres y otros dolores, pero ya todos, todas eran vos, vos empezaste a existir esa noche, con todo tu pasado y sin pasado. Y yo también, cuando vos me miraste y me viste)
Esta mano que viaja, lo hace por territorio deseado desde entonces, camino visitado y enajenado por otros y por otras (dolores y mujeres y alegrías y fracasos y triunfos, hijos y pérdidas, amigos y ganancias), al igual que mi cuerpo.
¿Qué cargas llevo en mi espalda que transfiero a mi brazo y él transfiere a mi mano derecha que con todo ese peso acaricia tu espalda y su peso?
¿Qué necesidades?
¿Qué deseos te llevan a girar en la cama y a brindarme tu pecho para que yo te viaje todo, para ser viajado en esta noche interminable que empezó hace tanto tiempo, cuando éramos otros?
¿Qué dolores y qué arrepentimientos y que alegrías por venir y qué miedos nos ayudan a que la música nos guíe en este viaje oscuro, en este luminoso estarnos y hacer, viajar mano por mano, hundir ahora mis dedos en el hueco que se te forma en el pecho?
Y yo sé, ahora que te beso, que me estoy preguntando esto que escribo, ahora.
Te beso en la mejilla y se me ocurren las primeras preguntas mientras me decís que te vas, que te dormís, que estás muy relajado, en una mezcla de queja y de reclamo.

Estás en paz.
Estoy en paz, tendida a tu costado, mientras comienzo a pensar que este cuerpo que te tiene no es aquel que te deseó y empiezo esa, esta, aquella noche, a escribir esto que escribo, que escribiré, que no termino de escribir, mientras mi mano esa noche se va quedando dormida y ya es sólo una mano (ni la que fue ni la que será), tal como tu pecho.
Un pecho.
Sólo hay la oscuridad del cuarto, la mano de esta mujer que soy ahora, durmiéndose, aleteando sobre el pecho de un hombre que es ahora.
Y así se tiene pasado y no se tiene, somos nuevos cada vez.
Sólo estar en el día, la alegría de estar en el día, la alegría de hacer, de crear, de ganarnos cada día los días sin preguntas que hacer.
Salvo estas que hago.
Mientras la mano y la espalda y el pecho y nosotros nos hacemos dormir mutuamente entre suspiros.
El hombre que fuiste y la mujer que fui.
El hombre que sos y la mujer que soy, ahora, una mujer que te acaricia acariciando al hombre que será, que espera ser viajado por la mano de esta mujer que sigo siendo, el sueño que nos llega, las preguntas, el ayer, la mano, tus quejidos levísimos, la misma barba aquella que ahora beso, los mismos pequeñísimos pechos que rozás blandamente, la música que cesa, que no importa que cese, el sueño que nos llega, la oscuridad del cuarto, yo que quiero escribir, vos que querés y no querés dormir, tu espalda que se afloja, mi mano que abandona lentamente el viaje.
El sueño, que nos llega.
Que llegó.

El hombre, otra vez

El hombre y yo estamos sentados frente a frente. Él me explica cuán duro fue para él encontrarme en un lugar donde no esperaba verme. El hombre explica que se sintió culposo, que se sintió invadido, que está fóbico. Debo entender su situación actual, necesita tener muy organizado su tiempo. No espera imprevistos.
El hombre no espera imprevistos.
Yo trato de que no se sienta mal, ni con culpa, pero no puedo hacer nada para quitarle su fobia.
Por un lado, no sé qué hacer con la mía.
Por otra parte, no sé cómo evitar que el hombre se encuentre con imprevistos, cuando yo misma no sé cómo hacer para evitarlos. Por ejemplo, evitar el imprevisto de encontrarlo en un lugar donde no esperaba verlo.
Y mucho menos con otra.
Pero esto último no se lo digo.
El hombre insiste en explicarse. Pero dice que no encuentra explicaciones.
Que el hombre insista en explicarse es bastante para esta época, pero mientras trato de parecer comprensiva y estarme calma, y pido disculpas por la involuntaria invasión, y me muestro inteligente, pienso en otra cosa.
Miento, miento como una perra. Los hombres no entienden. Esto, ya lo sé, parece un cliché, y lo es. De la realidad. Los hombres no entienden.
Este agujero no se llenará nunca. Este pozo no se agotará en su sed, pero menos todavía en su capacidad de contención. *Aunque él se arranque el corazón y lo arroje a mis pies*, que es lo que en este momento el hombre define como mi pretensión. ¿Para qué querría yo algo del hombre a mis pies? Mucho menos su corazón.
No, pienso, yo no pido tanto. Sólo desearía que no usemos la razón para impedir que asomen los últimos y sobrevivientes atisbos de cordura.
Ahogo un grito que me bailotea como mariposa loca en la garganta, prendo otro cigarrillo y le sonrío. Tiro el fósforo, me incorporo del suelo en busca de otra copa de vino y al pasar a su lado rozo su mano

en un gesto fraternal. Lo tranquilizo. Comprendo su estado. Soy una mujer madura.
Suplo. Los sucedáneos de la libertad son muchos y variados.
La gente se vuelca a encontrar nuevos caminos para desligarse de las ataduras. La gente toma clases de gimnasia, control mental, yoga, Tai Chi, relajación. La gente se hace un nudo en esa búsqueda. Cada vez se oyen menos portazos entre gente como nosotros.
Cada día menos mujeres interrumpimos una charla "lúcida, inteligente y madura", diciendo *es que te quiero, no sabés cómo te quiero.*
La inteligencia, la razonabilidad, son sucedáneos de la pasión, ahora.
Suplir, sufrir.
Qué palabras iguales.

Noche de Reyes

> *El amor es un estado de vulnerabilidad.*
> Khrisnamurti

En esta noche llegan los Reyes y mi amiga Juky, la bellísima, me trae una peineta con historia de amor.
Me dice Juky: *me la regaló una amiga cuando me enamoré a los 18 y yo te la traigo a vos, para que siga su historia esta peineta.*
Aquí, ahora, dedicada a velar tu propio insomnio, recuento los regalos del día de Reyes:
la peineta
los jazmines del admirador maduro
las lágrimas de una espectadora y un suspiro
lo que quedó de vos dentro de mí.
Quiero decir con esto que me levanto las polleras en el escenario *"Vincent, al menos podrías cumplir como un hombre"*, y en ese mismo instante tu semen desciende por mis piernas, te lo juro.
Esta noche de Reyes en que la tarde me puso melancólica y vulnerable Khrisnamurti, Enrique se inclina en medio de la escena iluminada hasta el hartazgo y –sudoroso- me susurra al oído: *"cuánto calor se agrupa en mi costado"*. Y yo, dando un giro le contesto: *"que por sudar, te suda hasta el aliento"*. Broma interna.
Pienso en vos en el preciso instante en que Marrale se me acerca. Pienso en vos sobre mí, detrás de mí, agazapado, y Marrale me besa. Pienso en tus ojos y en París visto con tus ojos y los míos, con los nuestros, y Marrale me ofrece casamiento. Pienso en tu mano que escribe y Marrale, a esta altura, ya es el padre de mi hijo.
Y la platea está llena de actores que más tarde en la puerta me toman de las manos y me besan. Lo que equivale a decir que te toman de las manos y te besan.
Nadie es ya sin ser los dos.
Por eso ahora hago lo que estés haciendo vos, sea esto lo que eso sea.
Y la avenida Córdoba sí era una herida abierta y sí el café la codiciosa sensación de futuro
Y no puede funcionar me digo

Esto no puede terminar bien me digo, ¿no es mucho amor para tanta desolación a los costados?
¿no es mucha vida para tanta muerte alrededor?
Pero te amo.
Aquí sólo pensando en vos Rey Mago
sólo pensando en vos en mí
aquí sólo pensando en nosotros dos egoístamente
como corresponde a todo amor
aquí tengo miedo de volver a repetirlo pero te
aquí
mientras pienso en toda vida posible junto a vos
aquí estás hoy donde no entró nunca nadie donde nadie llegó
aquí estás aquí estoy
vulnerables
ya no hay más centinelas.

El hombre, otra vez de nuevo

El hombre ha tomado la desagradable costumbre de usar el eufemismo comer por cojer. De modo que ahora, día por medio me llama por teléfono a la hora en que sabe que estoy en casa y me dice, por ejemplo:
¿A que no sabés que tengo en el fuego en este momento?
Yo: *Decime*
Él: *Un guisito de lentejas.*
Yo: *¡hmm!*
Él: *Y un tintito buenísimo.*
Yo: *¡hmm!* (dos veces)
Él: *¿por qué no te caés por acá?*
Yo: *Dale.*
Y me caigo. Ya lo creo que me caigo. En la cama, en el piso, en el sillón, en la silla. Con él encima o debajo.
Pero de encontrarnos para hacer el amor, proponérmelo de frente march, ni hablar.
Así degluto y deglutí, empanadas, guiso de lentejas, guiso carrero, locros varios, carbonadas, fideos, etc, etc, etc.
Así engullía calorías. Y las quemaba después.
Eso terminó.
Pero siempre vivía esperando el momento en que me dijera que había cocinado guiso de garbanzos.
Yo habría contestado:
¡Ay, qué lástima, no me gustan los garbanzos!
No llegó a suceder. Me pregunto aún hoy qué hubiera hecho él: ¿me habría invitado finalmente a verme, porque sí, de puras ganas nomás? ¿O cortaría lamentándose hasta la próxima cena, pensando para sus adentros *"sonamos, hoy no se coje"*?

Solos

> *...reducidos al encuentro*
> *del mundo.*
> Carlos Fuentes

Solos sólo los dos cuerpo contra sábana contra cuerpo
mi cuerpo líquido derramándose entero entre tus dedos múltiples allí
en mi abajo.
Tu cuerpo sólido enhebrado a la luna así de luminoso y presente
como una fantasía realizada
mejor aún
como una fantasía.
Mi cuerpo entre tus piernas y entre tus manos y entre tus dientes
tu cuerpo líquido en mi adentro y en mi afuera sólo solos los dos.

Pero después.

Tu rostro ya no es el mismo al que vi dos segundos antes de arremeter por primera vez sobre tu boca.
Cuánto misterio encierra ahora: todo el que yo he puesto en él.

Quién va más acá de las palabras ahora para llegar al otro.
Quién cruzará primero el límite.
Quien puede salirse ahora del otro lenguaje como de una máscara.
Quién
cómo
ahora
cómo tomar tu mano y llevarla a mi costado izquierdo y decirte
de tanto darte tenerte tanto solos sólo los dos cómo es que ahora
me estoy quedando sola cómo.

El hombre otra vez, nuevamente, de vuelta

El hombre no cree necesario alterar sus costumbres.
Los domingos almuerza con los amigos. Luego juegan póker, hasta el anochecer.
Si quiero, cosa que me aburre, pero lo sé porque alguna vez opté por eso, me quedo con ellos. A él no le gusta mucho, porque uno de sus más íntimos amigos siempre hace bromas queriendo levantarme. Y él se ríe, pero sabe que el otro lo hace en serio. ¿Código de porteños? No lo sé. No sé qué significa que un hombre le quiera soplar la chica a otro y el otro sabiendo que es en serio lo soporte.
Pero en fin. La mayoría de las veces voy al cine sola, o con una amiga, y después me llama para ir a cenar. Con él. Y con todos sus amigos.
No cree necesario alterar ni su rutina ni su infraestructura. Me refiero a la ausencia total de cacerolas, coladores, y ollitas y/o sartenes, esas boludeces que se utilizan para cocinar y que yo ando cargando los sábados a la noche en canastos para cocinarle a él y a uno o dos de sus amigos.
El hombre no está acostumbrado a que yo le pida regalos, porque no soy de pedir regalos.
De manera que regala en fechas puntuales, no es un regalero. Ni, aclaro, pretendo que lo sea. Pero no es desagradable que a una le regalen, cada tanto, boludeces.
Después que el hombre y yo nos separamos, amorosamente hablando, el vínculo siguió, porque nos queríamos y nos gustaba mucho encontrarnos a conversar.
Cada salida era un intento suyo por reanudar contacto carnal.
Yo me negaba y entonces él, en la puerta de casa, abría el baúl del coche y sacaba: o bien un libro, o bien una cartera, o bien una caja de vinos, o de champagne. Boludeces, bah, que son tan bien recibidas.
No sé bien porqué no le dije nunca que sí. Si porque no deseaba acostarme de nuevo con él, o por temor a que entonces me dijera: *¡Qué lástima, tenía un freezer de regalo para vos!*, justo en el momento en que estuviéramos compartiendo el cigarrillo de después de.

Señora María Juana

A Litto Nebbia, maestro

Aquí en el balcón, noche de sábado.
Esta espina molesta, qué locura. ¿Cuándo me la clavé?
Tengo un poco de sangre en el dedo meñique, me la daré a beber. Sin riesgo de contagio. Los otros siguen viviendo en sillas y sillones.
Noche de sábado, aquí en el balcón. Yo me ponía broches de la ropa en todo el cuerpo. Ejecutaba una ceremonia extraña.
Me da risa contar el techo que tengo, no lo alcanzo a mirar completamente.
Mientras uno de los que vive en una silla me pregunta dónde y con quién estoy, llego a contar siete estrellas nada más y Nebbia canta *pobre paloma herida* mientras alguien me ofrece otra pitada. Abandonó el sillón para hacer eso. Quien se fue a Sevillón perdió su sillón. Noche de sábado.
Mientras, el que dice amarme no existe nada más que para él y mi memoria va detrás de lo que viene: ese chico me gusta.
Como diría mi mamá o María José, *es un chico bien*.
Una vez dijo que yo era *despampanante*, me lo contó otro chico.
Mientras, el que yo sé que me piensa, se coje a otra para no pensar en mí.
-*¿Tenemos fax acá?*
-*Tenemos.*
-*Fax iú, como dice Charly.*
Me da risa.
Me da un soberanísimo ataque de risa y no puedo explicarlo, porque me da vergüenza, mientras sigan viviendo en esas sillas.
Me da risa esta noche de sábado en que me acuerdo que ese chico dijo que yo estaba *despampanante*. Así me dijo el otro

chico que este otro le dijo *guarda con maría que está despampanante*. Tan jovencito y usando el mismo término que usaba mi papá para hablar de Gina Lollobrígida.
Me siento Sofía Loren. O la Cardinale, para ser más modesta.
Y mi memoria va detrás de lo que viene.
Despampanante, mirá vos, *despampanante* dijo, y después si me ve no me saluda. Se hace el que no me conoce.
-¡*Despampánense, muchachos, les van a cobrar expensas de sillones!*
Noche de sábado. Yo soy joven como nunca comiéndome un helado. Yo era joven allí en el balcón la noche entrada *puedo escribir los versos más tristes esta noche neruda, neruda, ladrón de gallinas*, pero yo era joven en el balcón y allí lloraba.
Me da risa que mi memoria vaya detrás de lo que viene al mismo tiempo que viene la memoria de atrás.
Me daba risa también, porqué negarlo, imaginarme a Bruce Willis besándome el cuello de ese modo tan despampanante que sólo él debe tener para besar a una mujer *despampanante* como yo estoy según dice el chico ese que dijo el otro chico.
Noche de sábado aquí en el balcón cantaba Nebbia *¿pero quién puso otra vez Nebbia, por qué no Charly?* Y cantaba Nebbia *y te encuentras con una paloma herida que te cuenta* mientras yo contaba el techo y la espina molesta en el dedo meñique y a Bruce Willis no lo puedo volver a encontrar.
Porque me gusta ese chico y la memoria va detrás de lo que viene pobre paloma herida con broches en el cuerpo, tan poco propensa a las sillas y sillones, *si te vas no no no no te voy a extrañar*, despampanante chica siete estrellas nada más y cuando miro a ese chico la memoria ya sabe lo que tendrá que recordar más adelante *pobre paloma herida seguro que al rato estará volando, inventando una esperanza para volver a vivir.*

El hombre otra vez, nuevamente de vuelta,
ahora en medio de un quilombo.

Hace dos meses que no sé nada del hombre.
Timbre. El portero eléctrico, insistente, atronador. Las tres y media de la mañana.
Sí, por supuesto, es el hombre. Abro. Sube.
Me acosté a las dos, después de ordenar los placares casi en forma obsesiva para ordenarme la cabeza ante la falta de novedades del hombre.
Tengo que levantarme a las seis y media.
Mientras el ascensor se eleva, espero, por lo menos, un leve accidente (toco madera) una inofensiva desgracia (toco madera) o una declaración de amor con alianza incluida (toco también madera, por qué no).
Nada de eso.
Se dibuja en el marco de la puerta y me dice:
Hola, me dieron ganas de verte.
Me despierto completamente, no de alegría sino de azoramiento.
Son las tres y media de la mañana, hace dos meses que no sé nada de vos, ni siquiera llamás por teléfono antes, por delicadeza ante la hora. O mejor dicho ante mí. ¿Y si yo estuviera con otro?
Estuvo tratando de interrumpir este breve discurso pero ahora cierra automáticamente la boca y vuelve a tratar de hablar. Dirige miradas de soslayo por encima de mi hombro, tratando de comprobar si esta última hipótesis enunciada por mí es cierta. Luego, (esto dura fracción de segundo), vuelve a mirarme.
¿Cómo con otro?
Sí, con otro.
Decís eso porque estás enojada.
Por supuesto que estoy enojada. Pero no lo digo por eso. Lo digo de verdad. ¿Si yo estuviera con otro, ves el problema en que me ponés?
Si te vas a poner así, yo me voy.
¿Cómo querés que me ponga? Te dieron ganas de verme y te caés por acá, como si nada, a la madrugada, después de dos meses de no dar señales de vida, no te importa si me despertás, si me interrumpís un lance amoroso, si estoy enferma, si quiero que me veas

con esta camiseta agujereada y con estos zoquetes, ¿qué pretendés? ¡¿Qué descorche champán?! ¡¡¿Querés que descorche champán?!! ¿Querés que te ponga a Winton Marsalis? O quizás prefieras Memphis, no sé, decime.
No, mirá, no estoy dispuesto a que me recibas así.
Así, ¿cómo? Si querés me arreglo en un segundo, me maquillo, salimos, lo que quieras. ¿Dónde te habías metido? ¿Qué te pasó? ¿Por qué no contestaste las dos llamadas que te dejé? Si vos sabés que me preocupo.
Vos sabés lo que me pasa. Estoy en medio de un quilombo.
¿Cuál quilombo?
El de siempre.
¿Cuál de todos los de siempre?
Todos.
Entonces estás igual que siempre. Hace cinco años que estás en medio de un quilombo. Ya estoy acostumbrada a que estés en medio de un quilombo. Parece que en medio de un quilombo te conocí, en medio de un quilombo nos enamoramos, en medio de un quilombo transcurrimos casi cinco años de relación y en medio de un quilombo desaparecés dos meses. Si te pregunto cuál quilombo es para saber cuál, aparte de vos mismo, y vos me decís *"todos"*. ¿Entonces estás en medio de varios quilombos?
No seas irónica, te lo pido por favor, que sabés perfectamente que te ponés irónica y me pongo mal.
Perdoname, perdoname (esta vez sí me pongo irónica) ¿Y estar en medio de un quilombo te trae a mi casa de sorpresa a esta hora?
Bueno, está visto que no estás de humor. Pero aunque vos no me lo creas mi vida está hecha un verdadero quilombo. ¿Qué voy a hacer si empeora? Tengo dos mil cosas en qué pensar, no puedo pensar únicamente en vos.
No puede ser verdad, pienso, no estoy manteniendo esta conversación en zoquetes y camiseta a esta hora de la madrugada, con este hombre en el hall de mi departamento. Esto no está sucediendo. Esto no me está sucediendo a mí. Estoy soñando que le pasa a otra que tiene mucha paciencia. Quiero matarlo, abrirle la cabeza y ver con qué está pensando en este momento. Aunque ya sé con **qué** está pensando. Y en **qué** piensa con eso que utiliza para pensar. No es la cabeza justamente la que te lleva a tocar el portero eléctrico a esta

hora, después de dos meses de absoluta desaparición.
Ante mi repentino y cavilador silencio, se anima a estirar una mano conciliadora hacia la mía.
Lo dejo hacer, levanto la cabeza, y le pregunto:
¿Alguna vez te pedí que pensaras solamente en mí?
Vos entendés, me dice.
No, no entiendo. ¿Ante dos mil cosas desaparezco? Considerame una cosa más y pensá en dos mil una. Mientras encontrás la manera de hacerlo, andate que quiero dormir.
Bueno, evidentemente no estás de humor. Mañana hablamos.
Corte. Sobreimpresión. En la pantalla puede leerse la siguiente leyenda: "Dos meses después"
Mensaje en el contestador telefónico, mientras yo estaba en gira. Escuchado un viernes, era del lunes.
"*Hola, soy yo.* (Qué seguro está de **quién es él**, y de que yo sabré **quién es él**) *Te llamo para hablar sobre el incidente del otro día.* (del otro día hace dos meses) *Te llamo mañana*".
Adiviná.
Sí.
Llamó dos meses después, y lo sigue haciendo, cada dos meses, como si yo le contestara alguno de sus llamados.
Es un hombre *bimestral.*
Que está en medio de un quilombo.

Verano '89

Él se zambulló. Y él nadaba. Él nada. Avanza cauteloso pero avanza en las profundidades.
Ya se zambulló.
Él andaba por el trampolín. Él nada.
Él era un hombre con breteles.
Él después fue un hombre de anteojos.
Él, parecía, me pareció de pronto, que era un hombre joven de ojos grises.
Y entonces, me parece, fue que él se zambulló.
Él me hace reir, él nada. Él habla solo mientras nada como nunca nadó, y se va dando cuenta.
Él se saca los anteojos para hacerme el amor, para estar al sol, para pelearse a trompadas defendiendo a las damas, para hacerme el amor, para dormir.
Él tiene anteojos y un océano de pelo para que mis dedos naden. Él me hace reir a carcajadas.
Él me moja.
Él baila por la calle. Tiene amigos extraños y es muy convencional en el mejor de los convencionales sentidos, precisamente porque es tan extraño.
Él se arrodilló una noche en plena calle para mostrarme cómo no le dolía algo cuando estaba conmigo.
Él me ama.
Él, ahora, es un hombre que amo.
Él no me cree posible, precisamente porque soy tan posible que no lo puede creer a cada rato.
Como yo. Como a mí me pasa, fundamentalmente porque él es tan posible.
Él me hace reir a carcajadas.
Él venía por el trampolín
no
él no venía ni yo salí a buscarlo.

Él estuvo ahí cuando yo estuve, cuando teníamos que estar.
Y entonces yo fruncí los labios y él
él se zambulló a primera vista en mi entrepierna
y yo era soy
él es feliz.

Acá te falta un hombre

Acá te falta un hombre dice, le digo a la que escribe y revuelve los papeles.

¿Adónde falta un hombre?, pregunta, me pregunto.

Te falta un hombre, dice. Para completar esto te falta un hombre.

Un hombre que ¿qué?

Un hombre, para compaginar. Insisto, insiste.

¿Para compaginar qué? Insisto en preguntarle, preguntarme.

Lógico, la simetría, la igualdad.

Me miro interrogante. La miro. La simetría, la igualdad. Cuando estoy un poco nerviosa dice cualquier cosa.

No puede ser que no te des cuenta, vos que sos tan metódica. Tan obsesiva, diría yo, o dirías vos. Primero la Breve letanía etc, etc, y luego El hombre, una historia pipipí, el hombre otra vez, y papapá, y así hasta acá. En que a mí te parece y a vos me parece que acá nos falta un hombre.

¡Ay, no sé!, digo fastidiada, abandono los papeles y me subo a una silla dispuesta a buscar, en el armario de arriba de todo, dos lamparitas para cambiar las que tengo quemadas en los veladores del dormitorio, que me da lo mismo que estén quemadas hace dos meses total, cuando me acuesto, palmo. Hubiera sido más sencillo cambiarlas que hacer toda la operación que me llevaba cada noche: encender las luces centrales, encender el televisor, apagar las luces centrales, abrir la cama, acostarme. Y desde allí, con el control remoto, apagar el televisor una vez que me hubiera fumado el último pucho, que tan bien me viene un último pucho antes de dormir. Así que ahora agarro y las cambio, qué joder. Si hago un poco de trabajo manual capaz que se me aclaran las ideas.

Por más que vos insistas en poner tu atención en otra cosa acá nos falta un hombre.

Siempre insiste en perseguirme por todos lados, por toda la casa mientras yo intento poner un poco de orden en los artefactos. Si lo llamo al tara service va a insistir en cobrarme un fangote. Todo el mundo insiste en algo. Ay, no, lo que faltaba, ahora ésta otra va a insistir en joderme por una tontería.

¿Viste que yo te dije que debía estar jodido el portalámparas? Ahora no te vas a poner a cambiarlo que ya te avisé que nos queda poco tiempo y acá te falta un hombre.

No la voy a escuchar. Me calzo las zapatillas. ¿Dónde están las zapatillas? Ma sí, yo me pongo los zuecos. No, no voy a salir en pijama, me digo a ella que la mira como juzgándome. Pero no tengo ganas de cambiarme, esa es la verdad. Me enchufo el impermeable encima, que es bien largo y no se ve que abajo tengo el pijama y de paso saco la basura, me camino dos cuadritas hasta la casa de electricidad y compro dos o tres portalámparas para tener de repuesto, y listo el pollo.

Ahí tenés, metelo al Pollo.

Ya lo metí.

¿Cuál era?

Bueno, da lo mismo. Me voy a la ferretería. ¡No, a la casa de electricidad!

Pero si dijiste ferretería por algo fue. ¿Qué te estás olvidando?

Tenés razón. Cuando tenés razón, tengo razón, qué le vas a hacer. Uno de esos destornilladores que tienen la punta como cuadradita para el mousse, que hace rato que no encuentro el otro que tenía, que me dejó aquel inútil que vino para hacer varios trabajos y nos empeoró todo, ¿te acordás?

Nos acordamos, claro que nos acordamos, pero metele que acá nos falta un hombre. Ya me conozco, te vas a pasar todo el tiempo mirando un libro impreso diciéndonos a las dos, atormentándome hasta el hartazgo, "acá hacía falta un hombre"

Me voy a la ferretería y a la casa de electricidad y bajo la basura y espero que nos deje a las dos, a todas, un poco en paz. Porque necesito tranquilidad para resolver esto, y la tranquilidad me la dan los destornilladores y los portalámparas, y andar por la calle, con un calor de cagarse ¿no habían anunciado lluvia?, metida dentro de un piloto con abrigo, calzando zuecos de verano color blanco y con la cara hecha un espanto de cansancio, como compruebo en el espejo de la casa de electricidad ¿para qué quieren un espejo acá, si se puede saber?

Ah, ¿viste? ¿Viste que de cualquier cosa se puede sacar un tema? Hombres que tienen un espejo en la casa de electricidad. No hay mujeres a la vista. Eso puede ser el hombre que falta. El que se mira al espejo más que nosotras. Insoportable, he ahí el hombre que nos falta.

No, nada que ver. Esos son los actores y algunos, no todos.
Bah, la mayoría. Metele, metele, comprá rápido que acá se nos viene la noche y vos nos metiste un plazo y nos falta un hombre.

Hay que desoírla, hay que desoírme. Ya está. Ese capítulo ya está, qué mierda. Compro destornillador otro día, tengo que volver a casa ya. Cambiar el portalámparas antes de que se haga la noche porque hay que cortar la luz y eso es imprescindible, todavía no pude hacer como esos putos electricistas que manejan todo sin cortar la luz y encima que te dejan un desastre te cobran un ojo de la cara. Ah, si yo hubiera sabido que la popularidad es que todo el mundo crea que cobrás millones y todo lo que a otro le sale cinco a vos te lo quieren cobrar veinte.

Metelo al tipo ese de cuando estábamos haciendo la obra para el festival que la directora insistía en la escena esa del prado, te acordás del prado con setos muy bien recortados, que insistía todo el tiempo con el prado y con las frutillas y que nos comiéramos las frutillas en el prado con setos muy bien recortados y que vos y la otra se pusieron como locas a un día del estreno porque no entendían muy bien la escena y el prado y los setos y apareció el tipo ese que se la pasa haciéndole cagadas a las minas que están florecientes y te acosaba y era un braguetero. Dale, metelo. Metelo al escritor, qué te cuesta. Te sentás y en dos patadas lo liquidás. Al cuento, digo.

De ninguna manera, no da ni para anécdota. Llamo a la Bacha, o a Madó, o a Natalia, o al Negrito, hablo unas pelotudeces y vas a ver como dejo de escucharte en dos segundos. ¿El Negrito estará en la casa o en el celular?

Ahí tenés, metelo al tipo que sólo daba el celular, y después siempre lo tenía apagado.

De ninguna manera, no da ni para anécdota.

¿Ese tampoco?

Eso es lo triste. No dan ni para anécdota. Ah, muy bien, Fiorentino, eso la hizo callar. Pero no es cierto. Hay cosas que cuando son muy lejanas te provocan ternura, o llanto. Y como ya son sólo eso, lejanías, hay cierta objetividad. Pero cuando todavía no resolviste la falta de respeto, no se puede. ¡No insistamos, no se puede! Vuelvo, cambio el portalámparas, encuentro como se suponía que debía suceder, el destornillador. Desarmo el mousse, lo limpio, apago la computadora. Y me doy cuenta de que el placard necesita un nuevo orden. ¿Qué hay acá? *¿Cómo guardaste esta ropa manchada?* La pongo a lavar. *¿Qué hay acá?* ¿Cómo se soltó este resorte de la puerta? ¡Ay, no, hay que desarmar la puerta! *¿Cómo puede ser?* Y una vez puesta la puerta, me baño, me saco el maquillaje, voy a la cocina dispuesta a servirme una copa de champán para brindar porque ya terminé el libro y mientras reviso las páginas sale de nuevo esta con que *acá hace falta un hombre.* Me llama mi asistente para decirme que los que tienen mi material de videos no lo encuentran, *me llama tu representante* para alcanzarme por fax, enviado al locutorio de al lado, una propuesta de publicidad, y dice que no piensa opinar sobre el tema. *¿Para qué es tu representante?* Si mi representante no tiene opinión sobre el tema, y se lleva el diego de todo lo que hago, mejor no lo tengo. *Lo tenés para que opine. Me cago. Estás desolada.* Estoy. La canilla del lavadero pierde, esto es seguro aunque me haga la otaria al respecto. Tendré que llamar al tara service, porque aunque experta en electricidad, cintas de persianas, cerraduras y pintura, los cueritos gastados me pueden. *Con el agua no podemos. Debe ser esto que tenés con Piscis.*

Finalmente dejo todo para mañana, pero una sensación agobiante se ha instalado en el pecho mientras me voy a la cama y pese a que cambié el portalámparas y las luces funcionan, repito el ritual: *luces centrales, tele, apagar luces centrales, abrir la cama, volver a la cocina a buscar la copa de champán que ya está caliente, meterme en la cama, apagar la tele, beber en la oscuridad un sorbo, darme cuenta de que no me coloqué crema de noche.* Bastante que nos sacamos el maquillaje. Da vuelta, *doy vuelta la cara en la oscuridad.* La sensación opresiva en el pecho se instala. Tiene ganas de ponerme a llorar. *Doy vuelta la cara.* No sea que se vaya a poner a llorar ahora. Pero todas nos damos vuelta completamente hacia un lado de la cama extendiendo el brazo. *La actriz, la escritora, la electricista, la carpintera, la pintora, la mujer, el ama de casa, la adolescente que persiste incansablemente.* Todo un conglomerado de mujeres tan fáciles de entender se da vuelta en la cama extendiendo un brazo y *dice,* dicen, *todas juntas,* ella sola, mientras siente que los ojos se humedecen, que se afloja, *dicen,* dice, *acá,* acá, sí, **acá sí, acá es donde falta un hombre.**

Salí al balcón, mi divina mariposa

Sucedió que el balcón estaba desarreglado y descuidado y entonces decidí arreglarlo.
Salí al balcón, salí al balcón, cual divina mariposa, y encontré que en una jardinera colgando de la protección una torcaza había hecho su nido.
Dos pichones.
El corazón me dio un vuelco. Dos pichones de torcaza, en un balcón más urbano imposible, en una calle por donde pasan cuatro líneas de colectivos, y muchísimos taxis y camiones.
Y con dos gatos en la casa. Voraces. Y feroces.
Esto último es mentira. Caquisco es voraz, pero feroz ni ahí. Los últimos pichones que cazó en el departamento anterior, eran eso, pichones, y los cazó en días de lluvia, totalmente apichonados.
Y Antonia es la única que se anima a salir al balcón, de curiosa, se retuerce al sol, se ensucia un poquito y vuelve a dormir a su almohadón favorito.
Pero son gatos. A veces se quedan mirando a las palomas del edificio de enfrente, que está abandonado y minado de palomas. Absortos, estáticos, observando a posibles presas a través del vidrio. No se les mueve una cola. Ni un pelo de la cola.
Estaban los dos en el balcón conmigo, al sol, cuando toqué la jardinera, y de las profundidades emergió la madre torcaza que voló a unos pocos metros. Me subí a un banquito y los vi. Dos pichones.
Me dio un vuelco el corazón.
Metí a los gatos adentro de la casa, no sin culpa, busqué miga de pan, la remojé en leche, la puse en un recipiente y la llevé al improvisado nido. Otro recipiente con agua. Pequeños recipientes, tacitas de café turco que traje de Belgrado, a las que nunca les había encontrado una utilidad. Era para esto que las traje. Para alimentar pichones de torcaza en un balcón que en aquel entonces no imaginaba que habitaría.
Miento. Omito un paso.
Cuando descubrí el nido era primavera y yo estaba enamorada. Me pareció un buen augurio lo del nido. Después. Cuando me dio un

vuelco el corazón me puse a llorar y corrí desesperada a lo del vecino. Él me asesoró en cuanto a los alimentos. Él me tranquilizó. No tuvo otra opción que tranquilizarme porque mi corazón latía a doscientos kilómetros por hora y yo estaba llorando.

Había encontrado dos pichones de torcaza en el balcón, su madre había volado y yo me sentía como si hubieran abandonado dos bebés en la puerta de mi departamento.

Más o menos me las arreglé para dejarles los alimentos. Eran muy chiquitos y muy feos, como todos los pichones de pájaros. Durante tres semanas o cuatro, la torcaza madre y yo nos fuimos haciendo amigas. En la medida en que vio que yo alimentaba a sus hijos, sólo se apartaba veinte centímetros del nido y me veía hacer. Un sábado de tormenta espantosa, me recuerdo pegada al vidrio, observando a la torcaza madre sentada sobre sus hijos en medio de la lluvia y el viento que amenazaba constantemente con volar la jardinera. Al día siguiente salió el sol, y otra torcaza se acercó al nido. Supuse que era macho. Supuse que los pichones eran hijos de pájaros separados.

Él no me había llamado. Yo estaba muy triste.

El lunes me llamó. El lunes a la tarde yo no trabajaba y seguía estando muy triste. Él vino a casa y yo le mostré el nido, a través del vidrio de la puerta que daba al balcón.

Descubrimos que uno de los pichones ya estaba intentando volar, porque había caído sobre una maceta muy grande y ahí estaba, muy tranquilo.

Le pedí a él que lo tomara en sus manos y lo devolviera al nido, porque yo me sentía muy torpe y muy angustiada y tenia miedo de perder al pichoncito. Me dijo que no iba a hacer tal cosa, porque eso le daba impresión. De manera que salí al balcón, cual divina mariposa, y con sumo cuidado traté de tomar al pichoncito, sin que se asustara. Pero se asustó y voló hacia debajo de otra maceta grande con patas de hierro y sentí que me iba a poner a llorar.

Él se cagaba de risa dentro del departamento. Él me dijo que si un pichón no podía sobrevivir en un balcón, lo más probable era que no pudiera sobrevivir, directamente. Como el otro pichón que había quedado en la jardinera ya tenía muchas plumas y estaba lo más tranquilo, sin dar señas de inquietud alguna por su hermano, traté de serenarme.

Hicimos el amor, él me cagó la computadora jurándome que la iba a mejorar, tomamos un vaso de coca cola y se fue.

Al día siguiente se fue a Europa sin avisarme. Esa misma tarde voló el único pichón que quedaba en la jardinera. No vi más a los pájaros, ni a la torcaza madre, por espacio de cuatro días.

Él volvió de Europa, yo lo supe por otros. Pero no me llamó. Esa misma tarde en que me enteré por otros de que él había regresado, la torcaza y los hijitos vinieron hasta mi balcón. Yo ya había retirado la jardinera vacía. Se quedaron los tres paraditos en la reja de protección, mirando hacia adentro.

Hacia donde estaba yo, con mis dos gatos, sentada en el suelo mirando hacia fuera. Permanecimos los seis mirándonos, con intenciones distintas todos, y volaron. Mis dos gatos se levantaron entonces y se retiraron a dúo hacia el fondo del departamento.

Me dejé deslizar de la posición sentada a la horizontal, esperé que la relajación fuera llegando de a poco y me dormí, sobre el piso de madera, acurrucada.

Soñé que era una mariposa custodiada por un león y una pantera, encerrada en una casa, que cada tanto salía al balcón para hacerse amiga de los pájaros. Y que un coleccionista famoso, recién llegado de Europa, había encontrado la manera de cazarme sin red y disecarme contra el piso, sin siquiera pincharme con un alfiler.

IMPRESIONES

Todo tiene moraleja: la cuestión es pescarla.
Lewis Carroll

El discurso amoroso es hoy de una extrema soledad.
Roland Barthes

*Podrá reprochárseme que hablo mucho de los hombres. Sí.
También hablo mucho de mi oficio.
Son las únicas instancias en las que me apasiono realmente en
la vida.
Con el oficio, constantemente.
Con los hombres, cuando se disponen a estar disponibles. Ocupándome de las cosas que me apasionan me ocupo de mí. Y
cuando me ocupo de mí, de alguna manera me estoy ocupando
de todas las mujeres.
Pero por más independiente, realizada, feliz y al borde de lo insuperable que me sienta, sin un hombre de quién ocuparme o
por quién preocuparme, estoy no diría desdichada, ni siquiera
triste, pero sí realmente inquieta. Son el tema central de la charla, aunque venga de última.
Está en mí. Está en nosotras.*
Es genético.

Creo que hay hombres a los que les gusta tener una mujer que esté unos pasos detrás de ellos, observándolos.
Siempre observándolos, como mamá.
Sólo que dos pasos atrás, de ser posible más, porque ellos ya son mayores de edad, qué joder.
Hombres ya hechos, lo que se dice *hombres hombres*.
Ay, Dios mío, con lo lindos que son.

Me gustan más que la pizza.
Pero si voy a compartir mi vida con alguien no puedo emprender un camino hablando desde atrás. Nadie que emprenda un camino puede recorrerlo siempre al mismo ritmo. Por ende, el que arranca colocándose pasos atrás, corre el riesgo de agitarse siguiendo el ritmo del que va delante y por ende alterando su respiración, transpirando de más, no pudiendo mantener un ritmo coherente con el devenir del camino, simplemente porque no ve lo que tiene delante salvo una espalda, el muro de contención, una espalda como pared, aunque él sea un alfeñique de cuarenta kilos, simplemente porque está ahí delante, siempre unos pasos por delante, con todo el camino para él, las curvas peligrosas bien claritas delante de sus ojos, todo el panorama libre.
Todo el panorama libre.
Y después se quejan de que no podamos ver la luz amarilla.
Todos intentan ponerse dos pasos más adelante.
Por un momento, a veces demasiado largo, lo logran.
Y para algunas mujeres, esa situación dura toda una vida.

Ella dice que se hubiera ahorrado mucho tiempo de luchar contra este torpe, sexualmente hablando, si hubiera escuchado bien una de sus primeras respuestas.
Ella dice que si eso hubiera sucedido, se habría evitado la secreta y estéril esperanza de que él aprendiera, al fin, lo que a ella le gustaba.
Ella dice que, en realidad, ahora se da cuenta que él no tenía la más mínima intención de aprender a satisfacerla, porque no tenía la más mínima intención de satisfacerla.
Ella dice que una de las primeras veces que compartieron la cama, ella le preguntó:
¿Te molesta que te hable mientras hacemos el amor?
Y él le contestó:
Siempre y cuando no quieras entablar un diálogo.

Ahora que viste y tocaste, tomaste y sentiste, ahora quizás comprendas:
En la sensación se toma lo que llega, querido mío, pero en el sentimiento se interviene.

A veces creo que la tristeza está siempre ahí, que es un lugar vacío, que llenamos con la duda que nos hiere transitoriamente.

Esas palabras que pude oír y ya no suenan.
Pero no me arrepiento de lo que no quise hacer. Ahora es otro goce.

Cada mañana me miro fijamente y me lo recuerdo:
Una cosa es ser audaz, María, y otra, muy distinta, es ser valiente.

Un conductor de televisión, un programa de entrevistas.
Él, muy machista, pero simpático.
Cuatro mujeres, ninguna feminista, todas muy femeninas, todas muy simpáticas.
Atacamos (de eso se trataba el programa, y una va a trabajar).
Ataca él, (de eso se trata el programa, y él está trabajando).
De pronto le digo, ante una contestación muy sagaz de la mujer que tengo a mi derecha:
Ahora empezás a estar preocupado.
Y él responde:
Por supuesto, son cuatro mujeres y pueden hacer de mí lo que quieran.
Le pregunto: ¿Qué mal podemos hacerte nosotras, papito? (agrego el "papito" porque estoy trabajando)
Y él responde:
Todo el daño que se propongan.
Carcajadas de la tribuna, en su gran mayoría compuesta por mujeres.

No es la primera vez que escucho ese temor expresado por un hombre.

Yo nunca he querido hacerle daño a un hombre. Sólo he querido disfrutarlo.
Pero muy pocos se dejan.

El interrogante último es:
¿Por qué razón esperan que esos glúteos que tanto los atraen, o esa mirada que no pueden esquivar puedan hacerle daño, en lugar de proporcionarles felicidad?

Estoy como el arqueólogo que descubre cómo se construyeron las pirámides y se pregunta de qué manera arrastraban a pulmón bloques de piedra que hoy sería necesario trasladar con una grúa imposible de imaginar.

¿A qué le temen?

¿Al placer?

Alguien dijo que las mujeres podemos llegar a ser tan frágiles como los hombres, y eso no significa que perdamos nuestra sensibilidad

Estoy muerto con esa mina, dice.
¿Qué significa estoy muerto? ¿Significa lo que expresa?
Se supone que el tipo quiere decir:
Estoy enamorado, estoy caliente, estoy subyugado, me la quiero avanzar, la voy a llamar para invitarla a salir o las múltiples acepciones y sinónimos, que se inventen para decir cualquiera de las cosas anteriores.
No. Con lo rico que es el idioma castellano, lo que el tipo dijo es *"estoy muerto"*.
O sea:
No hablo no respiro no registro no crezco no acciono.
No existo.
Estoy muerto.
O sea:
Que las posibilidades de relación que tiene con esa mina son absolutamente imposibles.
Una vez le pregunté a un hombre qué querían decir cuando decían eso, y él me contestó que nunca había usado esa expresión.
En cambio, me dijo que conocía otra sensación:
Hay mujeres que te producen el síndrome "fastix". Vos estás decidido a decirles algo, y siempre que lo vas a hacer, se te sella instantáneamente la boca. Quedás así, dice el hombre, estirando la cabeza y cerrando herméticamente la boca, con los labios hacia adentro.
¿Eso es el síndrome "fastix"? le pregunto.
Ese, contesta él, sonriendo.
Es muy parecido a estar muerto, le digo.
Y él, siempre sonriente, responde: *No, es muy parecido a estar mudo. O impotente, al menos de hablar, de decir lo que nos pasa.*
¿Y eso por qué?, pregunto.
Supongo que por miedo.
¿Miedo a qué?, pregunto.
Miedo, dice él, *simplemente miedo.*

El taxista me relojea insistentemente, mientras la barrera nos demora, casi al borde del hastío.
Tenemos un viaje largo por delante y se ve que tiene ganas de conversar.
Me pregunta: *¿Usté es casada?*
Le digo que no, mientras intento hacer ostensible que estoy leyendo, porque el tipo no me cae simpático para nada.
Insiste: *Y usté, ¿a qué se dedica?*
Le digo: Soy abogada.
Y, digo yo, ¿especializada en qué rama?, insiste.
Laboral, le contesto sin levantar la vista.
Un pequeño silencio, y el tipo estalla, casi violento: *¿Por qué me toma el pelo si usté es una artista, yo la vi en la tele?*
Impasible, le pregunto a mi vez porque fingió no conocerme.
Encogiéndose de hombros, dice, todavía molesto: Yo qué sé, por no molestar.
Después de una pausa, mirando por la ventanilla, le digo: Mire todo el trabajo que se tomó para no molestarme. Hablaba con otra.
El tipo se ríe y me pregunta si es verdad que no estoy casada. Le digo que es verdad. Y ya que estoy le miento un poco y le digo que también soy abogada en lo laboral. *Mire usté*, reflexiona. *¿Y por qué no se dedicó?*
¿Por qué, soy tan mala como actriz?
No, pero hay abogados que con los juicios a las empresas ganan buena plata. Ustedes no sé.
El tipo empieza a caerme simpático. No, le digo, no soy abogada. Nada más lejos de mí. Fui secretaria de varios y no me caen simpáticos.
Y casada, ¿por qué no está casada?
No sé, le digo. Será que las relaciones humanas están difíciles, no sé. (Y me callo repentinamente porque soy propensa a entrar en confesiones en dos segundos.)
Mire, señorita, me dice el tipo, *a mí me parece que las mujeres no quieren casarse.*

¿Por qué dice eso?, le pregunto.
Porque la mujer le escapa al compromiso. Señorita, seamos francos, la mujer se casa y quiere hacer su vida, eso no va.
¿Cómo hacer su vida?
Y sí, hacer su vida, estudiar, trabajar, andar por ahí, haciendo su vida.
Juro que le hablo suavemente, lo converso, estoy cada vez más interesada.
Y usted, cuando sale a trabajar, ¿no está haciendo su vida?
Sí, pero uno hace su vida acá para llevar el dinero, ¿usté se cree que me gusta andar en este taxi?
Por eso, si la mujer trabaja puede ayudar.
No, no, después, además de mis problemas en la calle hay que escuchar los de ella, y además la mujer es de la casa, señorita. No de la calle.
Pausa.
No la quiero ofender, vio, usté es actriz y supongo que le gusta lo que hace. Por eso seguro que no se casó, no es mujer de la casa.
Ni me llega a ofender, me da risa, me dan ganas de mostrarle el estado de mis uñas, la aspereza de mis manos, contarle como le cambio el vestidito periódicamente a mi tabla de planchar. Pero me quedo sonriente y callada.
Me acuerdo de la charla que tuve con Oscar, acerca del rol de cazador del hombre, el único rol desde la prehistoria. Me acuerdo de la charla, mientras él me pregunta: *¿Tengo o no tengo razón?*
Y yo le pregunto: ¿qué edad tiene usted?
Treinta y cuatro, me responde.
Esta charla transcurre en la tarde del veinte de diciembre de mil novecientos noventa y nueve. Estamos por entrar al año dos mil. Cuando me bajo del auto, el tipo me sonríe y me desea suerte y buen año. Yo también a él.
Me quedo pensando en lo que me dijo una mujer, hace un tiempo: **quitale a un hombre el trabajo y un lugar digno en la sociedad, y se pulveriza. Encerrá a una mujer en una habitación desierta, durante cien días, y lo único que la puede llegar a enojar hasta la ira, puede ser la falta de crema humectante y un lápiz labial. Por lo demás, con dejarse estar y pensar, tiene más que suficiente para sobrevivir.**

Ella festejó su cumpleaños. Ella me dice que todas sus amigas y ella misma, por supuesto, se empolvaron, se perfumaron. Se pusieron lo mejor. Y que un invitado inesperado, en realidad un "colado", decidió quedarse con ella una vez que la fiesta terminó y todos se hubieron retirado.
Por fin, opino, *un "epígolo" decente.*
Un tipo se quedó.
Pregunto*: ¿Y te fue bien?*
Según mi amiga, le fue *muy bien.*
Y agrega: **Dos** *veces muy bien.*

Si nos tratan mal, no importa. No hay que llorar mucho. Y si se llora, hay que aplicarse papas en los párpados, o algunas se aplican esa máscara que se congela en la heladera. Y luego sufrís con esa máscara para tratar de borrar las huellas del sufrimiento anterior que fue el que te llevó a ponerte esa máscara. Y cuando estás sufriendo por la máscara, te sobreviene un acceso de llanto porque te acordás del sufrimiento que te llevó a ponértela, y lo reprimís. Dejás instalado en el pecho ese llanto que no debe salir y en su lugar salís vos a la calle a empezar la tarea del día.

Animosa pese a todo. Hacés tu tarea, reís con tus compañeros, contestás los llamados, arreglás tu agenda, en el horario libre de almuerzo te vas a cambiar esos zapatos que te molestan y que te compraste apurada un día que no tenías mucho tiempo porque justo era el día que te tenías que encontrar con él y querías estrenarte zapatos, que justo fue el día que te dejó de seña.

Mientras te probás otro número y otro modelo, te acordás de eso y el llanto que dejaste en depósito amenaza salir con intereses acumulados. Fingís una alergia grave, la vendedora se identifica con vos, dice que ella también en esta época se siente morir de alergia.

Volvés a trabajar, te vas a tu casa no sin antes pasar por el supermercado. Hacés parar el taxi en un Pago Fácil, pagás, seguís, llegás a tu casa, encendés las luces y te das cuenta de que el teléfono no sonó, no parpadea la luz de mensajes, única presencia que puede haberse alterado en la casa. Y vos habías guardado la secreta esperanza de que él te llamara.

Y entonces vas a dejar salir el llanto, pero suena el portero eléctrico y es el carnicero que te quiere entregar el pedido que hiciste a la mañana, y refrenás el llanto porque no hay que exponerse así delante de los vendedores. Te acordás, cuando recibís el pedido, que van a venir dos amigas a comer. Entonces, dejás el llanto para después, porque si no te verás expuesta a la crítica, que aunque bien intencionada, siempre es crítica: *que hasta cuando te vas a seguir morfando esos garrones, que no puede ser que te haga siempre lo mismo, que no puede ser.*

Cocinás, comen, beben. De tal modo que es imposible dejar salir tu emergencia, porque el rol de anfitriona lo tenés clarito. Tan clarito no, bah. Porque llegan las dos en estado de emergencia. Terminarás llorando a tu turno, tus amigas no te criticarán, porque ya han llorado ellas, delante tuyo, exponiéndose también a tu posible crítica. Y te acostarás sola y te levantarás a ponerte la máscara helada, y eso te hará recordar el día anterior y el llanto amenazará con salir a la superficie, y allí lo dejarás, para que acumule intereses, como un capital. Y después de sacarte la máscara helada, se te romperá una botella que intentabas guardar en el bar, y ensuciará el piso y salpicará todo, justo cuando ya se fue la mujer que te da una mano una vez por semana. Tenés que irte. Dejarás todo sucio, y en la puerta de calle te encontrarás con el administrador queriendo cobrarte las expensas, el tupé del individuo, tan inútil, cafishio de consorcio. Y el desprecio, ese sentimiento que no te gusta tener, te acude. Y discutís con él y seguís viaje. Y pasarás por el laboratorio temiendo el resultado, y no te podrás comunicar con larga distancia pese a ese presentimiento y a tu empeño en comunicarte, y no te pagarán la deuda y el proyecto se pinchará y saldrá otro y los alumnos te sacarán canas verdes y te pondrás impaciente y tendrás ganas de llorar. Pero no lo harás, porque justo tenés una entrevista y el aloe está muy chico, todavía no da para hacerte una máscara. Y así, todo ese mes, o esos dos meses o ese tiempo, que suele variar. Mientras no perdés tu eficiencia, mientras no dejás de ocuparte del trabajo y de la casa y del pelo, y del placard. A veces temés que si lo dejás estar muchos años más, un día saldrá como una catarata imparable. Por ejemplo, estarás durmiendo y saldrás del sueño metida en un mar salado que serán tus propias lágrimas, cada una con un nombre o una fecha recordatoria en strass brillantísimo. Intentarás mantenerte a flote pero cada brazada te hará tragar más lágrimas y finalmente perecerás ahogada en tu propio llanto.
Es una fantasía horrible.
Tengo una amiga mucho más optimista. Ella insiste en que hay que creer a pies juntillas que todo ese llanto sin salir se acumulará en las tetas y ya no serán necesarias dolorosas y riesgosas cirugías y los cirujanos plásticos se morirán de hambre. Así lo cree ella, y en algo hay que creer.

Cierta vez, un hombre que me pretendía, bah, me hacía la corte, me dijo que cuando me había conocido, varios años atrás, yo le había dado miedo. Sic, textual, verdaderamente me dijo eso, no sé cómo aseverarte que esto no es ficción ni carece del *borde perfilado de los hechos.*

¿Miedo a qué? le pregunté. ¿Miedo de qué?
No sé, contestó él. Un miedo como... atávico, casi ancestral te diría.

Y yo, que estaba controlando la cocción de la colita de cuadril en el horno, me encogí de hombros y le di a probar una papita.

Meses después, se lo comenté a una amiga, mientras hablábamos de esas cosas que tienen los hombres. Ella me dijo que yo debería haberle contestado: Y lo bien que hacías en tenerme miedo.

Las dos nos reímos, pero hasta hoy no logro entender por qué.

Por qué nos reímos.

Por qué el miedo.

Hablo con un hombre. Converso con él. Es un descanso en medio de un trabajo y él es un hombre muy agradable. Le gustan las mujeres. Quiero decir con esto que le agradan las mujeres no sólo sexualmente sino que le parecemos personas con las que se puede compartir trabajo, conversación, intercambio de ideas.
Le pregunto por qué motivo cree él que los hombres están histéricos. Él me dice que de ninguna manera es así.
Yo le digo que sí. ¿O de qué otra manera puede definirse a ese comportamiento que siempre se atribuyó a las mujeres? Hístero, de útero, de braguetera. Denominación que se ha dado a las mujeres que manosean, insinúan, histeriquean, en fin, y a la hora de los papeles nada.
Él dice que no es histeria lo que padecen en general los hombres. Él dice que es *miedo*. Lisa y llanamente *miedo*. Que los hombres están muy asustados. Que el poder femenino es inocultable, que el poder de la mujer es tan fuerte que da miedo.
Fijate, me dice, que todavía a las mujeres se les grita que vayan a lavar los platos. Todavía a veces un hombre le grita eso a una mujer, de un coche a otro coche.
¿Cuánto hace que las mujeres no lavan los platos? ¿Cuánto hace que las mujeres llaman a la rotisería porque no hay tiempo? ¿Cuán definido estuvo el rol de la mujer? Encerrada, esclava, procreadora. Las mujeres han tomado y siguen tomando todos los roles que pueden. Las mujeres han salido a trabajar, a estudiar. Se casan y tienen hijos, se enamoran de otro, se divorcian, cambian de casa y de trabajo, todos los días quieren crecer, tienen opiniones tomadas sobre las cosas, tienen amantes, se van de vacaciones sin el marido, con amigas o solas. Las mujeres son... ustedes son muy poderosas, muy poderosas.
¿Cuál es el rol del hombre? El mismo desde el origen, el mismo. Salir a cazar.

> Pero, ¿si un tipo me tiene miedo y reconoce que yo soy poderosa, porque yo me siento tan insegura frente a un tipo que me gusta?

Ah, pero claro. Si lo único que transmite él es inseguridad. ¿Qué otra cosa podés sentir vos? ¿Cómo puede sentirse una mujer frente a un *hombre que está inseguro, aunque intente aparentar lo contrario? Yo soy un hombre. Yo te aseguro que es así. Bueno, yo creo que puedo verlo y puedo asumirlo y por eso trato de aceptar que las cosas son así.*

Sí, le digo yo, está difícil la cosa.

Como ese verso del amor, dice de pronto, después de una pausa. *Ese verso del amor que es un invento social. Amor es el que uno siente por los hijos. Ese amor que hace que uno quiera ver al otro crecer sano y digno y libre, ese amor que te hace dar la vida por el otro. Ese es el que uno tiene por los hijos. ¿Qué otra cosa puede unir a un hombre y a una mujer si no es el sexo? ¿Qué otro motivo los puede incitar a vivir juntos, a compartir?*

La química.

Eso, la química, el juego amoroso.

Que no pasa sólo por la cama.

¡Exacto!, sí, señora, exacto, no pasa sólo por la cama. Pero hay que trabajar, amiga mía, para que eso esté vivo. En realidad se trata sólo de eso y ver qué hacen los dos con eso que les pasa. El otro día les pregunté a unos sobrinos que van de los dieciséis a los veintidós qué preferían: ¿una mujer amorosa o una mujer erótica? Erótica, eligieron todos. Es de esperar que los jóvenes vengan mejor.

Es de esperar, digo yo. Nos levantamos para seguir trabajando. Le pregunto mientras caminamos hacia el estudio por qué cree que hay tantas parejas que siguen viviendo juntas sin tener sexo, tantos hombres infieles, tantas mujeres que aceptan esa infidelidad.

Por miedo, dice él sonriendo, *por miedo.*

Cada vez que pienso en vos
fue amor, fue amor...
Fito Páez

Ella se enfrenta por primera vez a una situación. No la esperaba. Esto de no esperar una situación es más que atractivo.
No entraba en sus cálculos, no pensó jamás en eso.
Ella jamás imaginó que algo así le iba a suceder, que iba a tener tanta suerte.
Ella siente que los ojos le brillan, que le piel se le aclara y se suaviza.
Se prueba ropa interior nueva, luego de bañarse con aceites y geles olorosos, y de practicarse distintas abluciones.
Se perfuma abundantemente, prende velas por toda la casa, enciende hornillos con esencia de lavanda, pone a todo vapor a Chick Corea & Lionel Hampton, mientras se pasea en bata y el horno está casi a punto para meter la carne y el vino check, la mesa check, las copas check.
Junta guirnaldas rotas del último cumpleaños, varias chalinas de seda e improvisa un ambiente parisino en el pequeño comedor.
Se pone medias de seda y tacos aguja y el vestido plateado, mínimo, y en el momento en que se retoca los labios el timbre suena. Y corre a atender, mientras no puede creer que algo así le esté sucediendo, mientras se le retuercen las entrañas de alegría, mientras se ha olvidado de todo lo que juró la última vez que se enamoró, mientras se ha olvidado de todo, completamente.
Y es muy feliz.

FRÍO DE PELÍCULA, HAMBRE DE NOVELA

Lo que recordamos carece del borde perfilado de los hechos. Para facilitar nuestra tarea creamos pequeñas ficciones, escenarios muy sutiles e individuales que aclaran y conforman nuestra experiencia. El hecho recordado se convierte en ficción, en una estructura creada para albergar ciertos sentimientos.
Jerzy Kosinski

Cuando el mundo tira para abajo es mejor no estar atado a nada.
Charly García.

La vida es una cárcel con las puertas abiertas.
Andrés Calamaro.

Gozar es tan parecido al amor
Gozar es tan diferente al dolor.
Charly García

La muchacha tenía veintisiete años, el cuerpo muy pequeño, la durísima colita parada. Pero no era una cola atractiva, parecía toda de hueso, un rabo, apenas cubierto por la camiseta larga y sucia. Del borde de la prenda raída emergían dos piernas flaquísimas, los pies llevaban zuecos de madera, y eso era todo. Dos brazos iguales de frágiles, una cabeza vivaz en el movimiento, pelo renegrido y corto, espeso. Una media melena que parecía una gorra muy gruesa que cubría la cabeza. Mientras la muchacha pintaba, se llevaba automáticamente los dedos detrás de cada oreja, arrastrando el cabello que el viento agitaba delante de su cara.
Eran las seis de la tarde y en el medio del desierto el sol todavía quemaba, mientras la muchacha pintaba.
Una maleta, un caballete, una tela. El desierto. Y una muchacha pintando.
Un cuadro dentro de un cuadro.
Detrás, una persona se acercaba poco a poco.
Otra mujer.
Se acercó a la muchacha, se detuvo a unos metros, y allí se quedó.
Silencio, viento y sol.
Y dos mujeres en un desierto.
Al cabo de unos quince minutos, la muchacha volteó sus ojos negros y brillantes hacia donde estaba la mujer y la miró. La mujer se le acercó muy lentamente y le tomó la barbilla, levantando la cara de la muchacha.
-*Qué alivio, creí que eras más joven. Allá arriba la Maestra te está esperando.*
La muchacha la miró un breve instante. Se puso de pie, recogió la tela y se la alcanzó a la mujer, quien la tomó cuidadosamente. Cerró el caballete y levantó la maleta. Empezaron a caminar en silencio. Durante largo rato.
Al cabo, la muchacha preguntó:
-*¿Voy a poder guardar mis pinturas?*
-*No.*
-*Entonces dejemos todo acá. Me va a resultar más fácil.*
Y así lo hicieron.

Tres horas después, llegaron a una inmensa casa de piedra blanca. En el centro, un enorme patio cuadrado, con bancos de madera. A ese patio daba una galería, en la que se abrían enormes puertas abiertas que dejaban ver cuartos oscuros, como pozos negros, con impresión de frescura. En el centro del patio, se detuvieron.
La mujer señaló hacia un lado y hacia otro:
-*Ala derecha, la tuya. Ala izquierda no. Sólo entrarás allí cuando estés preparada para* **ver**. *En el cuarto de puertas cerradas encontrarás ropa limpia. Allí hay una pileta para higienizarse. En el cuarto del centro está el comedor. La puerta cinco es tu dormitorio. Y allá está la biblioteca. Atrás, ahí, está el cuarto de recapitulación. Te espero allí.*
La muchacha preguntó:
-*¿En cuánto tiempo?*
La mujer contestó:
-*Cuando estés lista, sea el tiempo que sea. Yo estaré allí esperando.*

La muchacha permaneció en ese lugar tres años, dos meses, tres semanas y cuatro días.
Recapitulando.

Un movimiento rítmico y pendular de la cabeza. Se inspira desde el centro hacia la izquierda y se expira lentamente hacia la derecha. De ese modo la respiración se instala en el chakra laringeo, el emocional. En tanto, recapitulás episodios de tu vida, para liberar la energía afectiva que está unida al recuerdo.
Para liberarte.
A las mujeres se nos aconseja comenzar por los hombres con quienes tuvimos relaciones afectivas y sexuales fuertes, sobre todo sexuales.
Nos dejan gusanillos de luz en la vagina, que seguimos alimentando durante siete años.
Con nuestra energía.
Se aconseja también recapitular cada episodio, detalle a detalle, minuciosamente, una y otra vez, hasta sentir que estás ahí.
Menudo viaje.
Lo ideal –dicen- sería recapitular toda tu vida.

Recapitulando durante tres años, dos meses, tres semanas y cuatro

días. Al cabo de los cuales, fue invitada por la misma mujer a pasar a la otra zona de la casa. No había vuelto a verla en todo ese tiempo, y no se dio cuenta de ello hasta mucho más tarde. Tenía la misma ropa, el mismo aire concentrado y a la vez liviano, y caminó unos pasos delante de ella como en la primera ocasión en que se habían visto. Le señaló una puerta cerrada y le dijo:
-*Ahí. Esperar. Ahora vendrá tu Maestra.*

Durante un tiempo larguísimo, que a la muchacha ya no le resultaba mensurable, estuvo sentada en el suelo, sobre una estera, mirando la puerta.
Hasta que entró una mujer de su misma edad.
Pero no era tan joven. La mirada de la mujer tenía ciento cincuenta mil años y parecía haber recapitulado muchas vidas, por lo límpido de sus ojos.
La mujer se sentó frente a ella y le dijo:
-*Voy a mostrarte algo que ahora estás en condiciones de ver. Trata de mirar sin prejuicios. Trata de **ver.***
La mujer se levantó la pollera y abrió las piernas. Debajo no llevaba nada más que su piel. Y en un segundo, apenas un segundo que fue lo que duró la perplejidad de la discípula, ésta pudo **ver**.
Un halo de luz impresionante salía de la entrepierna.
La muchacha quedó en silencio y por primera vez en todo ese tiempo sintió que estaba ante un hecho sobrenatural, o bien que podía haber algo de alucinación en todo aquello, quizás debido al largo tiempo de retiro.
Entonces la maestra, como si pudiera leer su pensamiento o verlo en su mirada, volvió a pronunciar unas palabras ya dichas:
-*Trata de **ver**, trata de **ver**.*
La muchacha sólo veía luz saliendo de una vagina:

Un halo de luz impresionante.

Sólo luz.

Pensó que la palabra *milagro* era demasiado para algo que se le antojaba tan natural. Entonces sonrió.
Y dijo:
-*Energía.*

Y la maestra, asintiendo levemente, sostuvo con una mano su pollera sobre la luz, abarcó con la otra el resplandeciente rayo que se expandía hacia delante y hacia los costados y dijo:
-He aquí el poder.

El poder de hacerte mierda. Mi padre tenía dos expresiones que me gustaban mucho: frío de película y hambre de novela. Me gustaban. Tengo ganas de llorar, lo extraño hoy más que nunca extrañé a otra persona. Posiblemente si estuviera delante mío no hablaríamos, simplemente leeríamos el diario y él me haría algún comentario y yo pelearía con él. Pero tenía esas dos expresiones. Atención, les digo, tengo una sed de película y un dolor de novela. Champagne, please. Tengo ganas de ponerme a reir, mucho, porque crucé el límite y aquí estoy. ¿Cómo se me ve, con la mano extendida, y el vestido de satén, tan bien terminado, y los tacos finísimos de gamuza, con tiras, con estrellas de plata en cada dedo que asoma por la sandalia? ¿Cómo se me ve, escribiendo en la hora de Mercurio, llorándole a la Luna, buscándome la cara en el Sol, nacida bajo signo de Tierra, a punto de saltar al Aire? Tengo fuego en las venas y además mi ascendente es de Fuego. Necesito Agua. Estoy mirando hacia Piscis. Disculpá que no me haya sacado el jean antes de venir, pero estaba en casa con el corset de encaje, y la pollera brevísima y dorada, y no tenía ganas de cambiarme. Tuve imperiosos deseos de salir. Sucede que en la billetera, es decir en el Haber, contaba con seis pesos, y abrí la cartera buscando la agenda electrónica y sólo había cuatro pesos en la billetera. O sea que tenía dos en el Debe, no, perdón, tengo ganas de reir, tenía trece mil en el Debe, no, qué digo, pare con el champagne, tenía veintiocho mil. Basta.
Disculpe, hoy hace diez años que salió el avión a las seis de la tarde y él se había dado vuelta en el coche para mirarme, fijamente. Como el ángel exterminador, como el pequeño demonio, como el que pudo haber sido el primero y no supo, como el que fue el primero, como este hombre ahora. Debería inventarse un suero contra hombres como él...

En Buenos Aires el destino no te depara. Ni te "dipara". Te dispara. Estás en tu casa, te quedaste sin cigarrillos, dejás la pava en el fuego y bajás hasta el quiosco. En la puerta te encontrás a un vigilante, como pancho por su casa, que te informa que la persona que dormía exactamente sobre tu dormitorio ha sido encontrada muerta desde hace 48 horas. Abajo, exactamente abajo, vos a esa hora te tirabas por el piso pensando cómo salir de la desesperación, y te acordás de las múltiples reuniones de consorcio en las que la viste y no pudiste comunicarte con ella.

Estoy un poco nerviosa ahora. Y posiblemente me siento molesta. Un muerto arriba, un muerto abajo, en cualquier momento te vas al carajo. Fui al baño, hice algunas inspiraciones. Ahora sí me acuerdo. Mi pelo era azul y mi mamá me regaló el cintillo y yo me lo puse. Me bailaba. Se dio vuelta en el auto para mirarme fijamente. Las palabras necesarias no existen, le dije. Le dije y se lo repetí, repetidamente. Repetidamente. Amo las palabras, me contestó, y lloraba. Amo que me hables. ¿Qué podía decirle? En el aeropuerto de Carrasco una vez tuve frío y un tipo me prestó el sobretodo que olía a jabón de tocador. Tengo ganas de reírme. Me acuerdo que era un olor ajeno y yo respiraba por la boca entreabierta y de pronto me vi reflejada en los lentes del tipo y tenía cierto aire de boba. No quiero agua. No quiero nada. Whisky aceptaría, un poco. Vayámonos a otro lugar para seguir hablando. Tiré todos los discos de los Rollings la noche siguiente a la que me parapeté en el departamento. ¿Tendrías una aguja con un poco de hilo celeste bebé? Pasé en limpio toda mi agenda y la guardé donde nadie pudiera encontrarla. Ya sé que no es fácil. Qué linda, qué linda, vayámonos a otro lugar para seguir hablando, para seguir juntos. Amo las palabras me decía ella. Era muy gorda y muy inteligente. Yo también. Era joven, eso quiero decir. Arriba de mi habitación no moría nadie. Ni al costado. Los que tenían que morir ya habían muerto. Se muere gente que no se había muerto antes. Yo también era joven, me descalcé para bajar al río en medio de una fiesta y un novio que yo tenía, que pudo haber sido el primero y no supo, me gritaba Alfonsina. Pero se dio vuelta en el coche para mirarme fijamente y faltaba poco para que saliera el vuelo. Me aprietan los zapatos. No quiero whisky, por favor. No me gusta la bebida blanca. ¿Champagne, tal vez? Hace rato que dejé de beber, pero el champagne no es bebida, es pura ilusión. Burbuja, palabra que se deshace, que ya fue escrita y bebida. Cuidado, se te va a caer la ceniza, no quiero limpiar, no quiero molestar. Me duelen los pies. Me voy a descalzar, ahora. Atención, si me pongo un jean me aprieta más que este vestido porque es duro, y necesito un almohadón, alcanzame uno. Amo las palabras, las amo, me decía. No existen, le aclaré, juro que se lo aclaré, repetidamente. Repetidamente. No existen, le decía, con el café ya frío. Las palabras necesarias no existen. Tengo ilusión de champagne. ¿Tenés? Vayámonos a otro lado donde podamos beber champagne. Sacame de acá, sacame de acá. Atención, llegamos al límite y me enganché las medias. Nada es perfecto. Mejor me callo, cierro la boca, pero amo las palabras. ¿Hielo para el champagne?

Estaban tirados boca abajo, en la alfombra del departamento dúplex de medio pelo.
Era el living.
Hay veces en que las cosas no parecen premeditadas. Mejor escrito, hay veces en que las cosas *parecen* impremeditadas, que es distinto. Y es más correcto. Pero no es cierto, porque uno puede no premeditar algo, pero en mitad de la vida algo te asalta y te sorprende, *impremeditadamente,* y entonces vos comenzás a *premeditar.* A saber: te invitan a una fiesta, vos vas para cumplir, y en el medio de la fiesta te asalta algo inesperado, como una calentura, o un desprecio, o un enamoramiento. Esto último es lo más inesperado, dado que un desprecio es lo que más surge últimamente. Ahora bien; una vez que surgió, *impremeditadamente,* vos empezás a *premeditar,* dado que es imposible que suceda de otra manera. Y él también empieza.
Dicho con ejemplo: ese tipo que vos hacés entrar a la fiesta, porque le abriste casualmente la puerta, y a quien vos conocés, muy superficialmente, se va a servir un trago, y vos lo ayudás, de gaucha. Y entonces, cuando vos le estás mostrando la mejor manera de beber la tequila, o el cointreau, los dos se miran, en el medio de un gesto, y ya está. De ahí en más, pueden pasar dos horas, o treinta segundos, o treinta minutos, pero los dos comenzaron a *premeditar.*
De modo que están los dos tirados boca abajo en el living, sobre la alfombra, mirándose, y entonces él te besa. Y vos respondés. Y él mete su mano debajo de tu sweater, y vos metés la mano debajo de su pullover, y entonces él dice: *No, pará, sólo me excitás emocionalmente.* Y vos bajás lentamente la mano hacia su entrepierna y entonces tocás algo muy, muy dura, y algo muy, muy grandota y él te dice, te dice de nuevo: *Pará.*
Y entonces vos le decís, palpando la erección sublime: *Ahí, ¿vos tenés la emoción o qué?*

Y entonces él, con los ojos húmedos, temblando de miedo, te da un beso, bastante experimentado para su corta edad, *(fue como una ducha, dirías vos después)*, y mirándote como sólo a las mujeres se las puede mirar antes de, con esa especie, no, con esa *calidad* de calentura que a las mujeres nos puede, de calentura sublime, y virgen y salvaje, con esa especie de calentura calentura, te da vuelta, te baja la pollera, la medibacha y la trusa de un tirón, y te penetra, **toda**.
Y vos le decís:
¿No era que sólo te excitabas emocionalmente? No seas atropellado.
Y como vos estás toda mojada, él te responde, casi en un susurro, en un ahogo, en lo que significa para un joven enterrarse literalmente en una *mujer hecha y derecha* por primera vez:
No soy atropellado. No lo puedo creer, no me puedo despegar.
Y no se despega, durante seis largas horas. O cortas, según quien las mida.
El pequeño demonio.

Ahora, un hombre en el que no he pensado durante horas, se acuesta, en algún lugar de la ciudad, se acuesta con otra mujer a la que desea más o menos que a mí, pero distinto, seguro que distinto. Sin embargo, pienso en él fraccionadamente. A veces como un muslo, a veces como una mano que se internó entre mis muslos, a veces como algo entero. Curiosamente lo entero también es una fracción del hombre, pero es lo que hace que él aparezca en mi pensamiento como *un hombre.* La manera en que tomó mi abrigo, cómo me dio fuego, la ausencia total de miedo a los ladrones en la calle, pero lo que más extraño es *la palabra.*
Se instituyó como un puente entre nosotros, algo inaccesible para lo racional, y hablamos, hablamos, hablamos. Más que la ausencia de ese hombre, me duele la falta de su palabra, que fue precisamente lo que nos separó.
Mejor dicho, la manera en que utilizó su palabra para no acercarnos más de lo que estábamos.
Debería inventarse un suero contra hombres como este. *Amo las palabras. Pero las necesarias no existen.*

La palabra.
Viene de la boca, como una catarata. Sale por la boca, mejor dicho. Viene nadie sabe muy bien de dónde, pero tratándose de gente que

ama profundamente la palabra como vehículo, no es difícil imaginar de dónde viene. Uno la deja salir, y la palabra encuentra eco. Después de todo, una también nació en una ciudad portuaria, donde la única salida para la melancolía era sentarse en bares a escribir. O a leer. Y una dejaba caer palabras que sólo son posibles a los veintidós años, como *inmortal, oscuro, ahogo, ilusión, revolución, destrucción* y sobre todas las palabras, una dejaba escapar la palabra *siempre*.

Barranca, costanera abajo y la cerveza. Globos de luz amarilla y mortecina. Boites secretísimas cercanas a las plazas, siempre un rincón para el amor, abierto. Siempre. Amé las palabras que describían la llovizna gris y melancólica de las ciudades en los libros, mientras la llovizna gris en mi ciudad portuaria me comía los pies, y yo iba dejando huellas húmedas en las baldosas del comedor de casa.
Húmeda casa de té en la pequeñísima colina, bellos hombres y el cordón de miseria circunvalando la ciudad.
Las mujeres más yeguas, los más ricos sandwiches "carlitos".

Ciudad de mafia y prostitución, ciudad de artistas. Ciudad de cara al río, ciudad *caríssima*.
Ciudad por siempre venturosa que tenía rincones para el canto, como islas eternas para el canto poético, rincones como rincones de refugio. Ciudad arrinconada. Bella como pocas de las que ahí nacimos, pretenciosa. Ciudad mandona, enamorada. Sucia como una mujer que amó hasta el cansancio toda la noche y después no se baña.
Mi ciudad pasionaria.
El parque, el club, los matorrales, y todas las plazas despobladas, encerradas en sí mismas. Fue en una ciudad de avenidas de mercurio. La más grande es de cremas heladas. Fue en una ciudad donde empezó el misterio, el rosario de cuentas sin saldar, el Rosario de cuentas separadas entre sí por misterios. Y el más grande tenía puertas de cristal, estanterías, libros con nombres extrañísimos, paisajes ignorados. Allí entraba al atardecer, y me quedaba horas. El Viejo estaba por cerrar y me miraba. Demoraba la franela en alguno de los "usados" y me miraba, interrogante. Así fue que me dejé llevar por el instinto y por la música de las palabras. Y compraba. Todas las tardes uno. Una mañana en el colectivo 51 abrí el último que me había llevado y leí estas palabras: "**¿Por qué no me tomas en tus brazos**

y me sacas de este lugar solitario?"

Ahora, contemplo el techo que sucede, inamovible y claro, en la penumbra de la madrugada. Ahora, intento pensar en inglés, portugués o francés. Prender un cigarrillo. Jugar con palabras distantes, con letras parecidas, para llenar la espuma del insomnio. Oh violado violín, violeta y violentado, violoncelo violáceo, violetero violón, violoncelista que, violentamente violento, viola el violario y el violinista vira al viógrafo con error de ortografía. Alguna vez leí algo parecido. Tomar un té. Mirarte.

Había más de una librería, claro. Y también había más de un cine. En la oscuridad de los cines, desde los siete años, una puede construirse cualquier fantasía, soñar cualquier cosa, sentir cualquier tipo de esperanza. Y creer que es posible. Extender las piernas muy juntas sobre la cama y después levantarlas y mirárselas, *objetivamente.* Tocarse los incipientes senos a los diez años y saber que una no será la Monroe. Pero quizás, como esa mujer de la película, ella va a tener trajecitos sastre de los años cincuenta y anteojos.
Y una doble vida.
Lo decide.
No va a casarse, va a ser literata y dentista. Con eso, más que suficiente para llenarse de amantes y sonrisas el cuerpo.

tus valijas habían quedado preparadas ibas a volver por todo a la mañana y yo estaba sola, me acuerdo de cuando pusiste tus valijas al lado de la puerta tus valijas esa madrugada y yo quería que salieras de mi vista cuanto antes yo te odiaba y me acuerdo que calculé no más de cinco años de edad en ese chico que miraba yo miraba a ese chico y a su padre a través de la ventana y creo después miré las valijas y miré el teléfono nadie a quien llamar ahora no en este preciso momento nada de llamadas y era de noche y los tanques que pasaban. ¿Tendrías un poco más de hilo celeste? El chicle se me pegó en la campera. En el lavadero una vez me caí sentada porque el piso estaba húmedo. Me descompensé. Para pedir disculpas dije que me había sentido como en mi casa. Si me das otro poquito de champagne, te lo voy a agradecer. En su defecto, nada. Podés leerme algunas palabras de Shepard. Aunque no sean las necesarias.

Vos una vez estabas en Casa Tía y tuviste ganas de hablar conmigo. Atención, estoy esperando que extienda su mano hacía mí, mientras atravieso el prado inglés con setos muy bien recortados. Qué estupidez todo esto... Vas a tener que disculparme que haya entrado así en tu casa, pero ellos me dijeron que cuando se dio vuelta en el auto para mirarme fijamente poco antes del vuelo, yo tenía puesto un jean. Pero no es cierto, bajo ningún punto de vista. Llevaba un vestido negro de terciopelo, con un corsagge de satén rojo y guantes largos negros y el pelo engominado y sandalias levísimas, con capellada de tul y un pequeño casquete en la cabeza. Estaba realmente hermosa.
Pero el avión se iba. Aprieto en mi mano el deseo de salir, sacame de acá, sacame de acá, pero no me dejes ir allá afuera. Tiene dientes perfectos el pequeño demonio, parece una réplica de un comic, muy antiguo. Por otro lado es muy, muy joven. Y está muy, muy caliente.

Porque siempre se había sentido culpable frente a la policía. Una noche caminaba con Enrique y éste le contaba qué le había pasado en Europa después de la guerra con Inglaterra. *"Me tocaban el culo, poco faltó para que me lo tocaran literalmente, me preguntaban si habíamos sacado muchas banderitas, me decían qué hacen ustedes en su país, cómo dejan suceder esas atrocidades".*
Era casi verano y caminaban despaciosos por Corrientes, él no tan despacioso, pero nunca Queco lo era cuando se trataba del *"mambo político",* como él lo llamaba. *"Sabés, me parecía que era imposible tratar de explicarles nada, qué sé yo. Cómo explicás esto, decime".*
Esto era que se habían detenido congelados, súbitamente llenos de adrenalina porque un patrullero se acercaba, se detenía junto a ellos, exigía documentos. Interrogados por separado sobre la relación que los unía *(amigos),* desde hace cuánto *(mucho)* cuánto es mucho (seis años) y así seguían con direcciones, documentos, ocupaciones y qué hacían a esta hora, como si fueran delincuentes, dos ciudadanos comunes que pasean por Talcahuano y Corrientes en busca de un buen vino, de tomarse las manos fraternalmente, escucharse. Escuchar, por Dios, realmente escuchar.
"Cómo explicarlo", decía Queco sin signo interrogante, aseverando la imposibilidad de hacerlo. Sí. ¿Cómo decirle a una persona que no haya vivido acá toda su vida que no sé casi lo que es la libertad, que no puedo casi evitar decir *"soy inocente"* si un policía me mira mal? No señor, vea, no soy una puta, soy una mujer que está sola, que

sale de su casa en busca de algún amigo, de alguien que te ame un poco en medio del frío, el abandono, la muerte, la pérdida, la desolación. La vida, bah.
Siempre nos hemos sentido culpables de algo, porque hay que demostrar que una es inocente y no sabe de qué. Porque no hay juicio. Hay sentencia.
Hay que demostrar que una, a lo largo de sus treinta y pico, no mató, no robó, no subvirtió nada más que el hambre, una que otra idea, no quiso otra cosa que poder salir a la calle un día, digna, limpia, con una sonrisa, y sentirse humana.
Más importante que sus documentos.

*El champagne ya te dije no es bebida. Él tomaba tequila, y cointreau. Atención, tengo sensación de ahogo y su mano no llega. Estoy ahora en medio de tu living, y yo estaba en un prado. Le dije repetidas veces que era un libro para él en sus tiempos difíciles, y se lo mostró a todo el mundo. El pequeño demonio. La madre debe haber tenido pesadillas. El pequeño demonio. Igualito a Daniel el Travieso. Igualito. Sacame la copa se me está por caer. No me ofrezcan, les digo, ni pollo ni pescado. Tengo frío. Ah, mi Shá de Pérsica. Caen las lágrimas. Caen, mi Shá de Pérsica. Basta de espejos grandes o pequeños. Fragmentarios. Me he mirado durante años en un espejo roto, un espejo por partes, todas los pedazos, detalles, fracciones, porciones que más te han gustado: el espejo-culo, el espejo-mente, el espejo-ojos, el espejo-la comba morena del vientre.
Ah, mi Shá de Pérsica: junta todos los pedazos en tu boca y te los mires en las manos, si te queden.*

Ahora, ese hombre en el que no pienso hace ya horas, aparece frente a mí, como una cachetada. Es algo que dijo Rita. Algo acerca de un dedo. Mejor dicho, lo último que oí prestando atención fue la palabra *dedo*. Pero esa palabra operó como una cachetada que no se espera, como un golpe en plena cara, en pleno plexo, porque si uno presta atención cuando escucha está como subido de tono, la cara está arrebolada, uno especta al que habla, y Rita estaba hablando de algo serio, y lo último que escuché fue dedo, teniendo el plexo en la cara. Así que ahora Rita sigue hablando y yo sé que cuando termine contestaré algo así como qué terrible o mirá vos, sólo que tardaré en contestar porque estaré en el quinto carajo.

O sea que la palabra *dedo* me ha transportado a un lugar donde de golpe, como un golpe, el hombre sonríe de soslayo mirándome por sobre el hombro y yo no acabo de decidir si sus labios son finos o gruesos, si sus besos me gustan, si él realmente me eriza la piel y me moja toda de golpe con sólo mirarme, si de verdad yo tengo muchas ganas de estar con él, y decido que ninguna de estas cosas es así. Empero la cara se me endurece y el labio me tiembla y yo siento que estoy muy lejos de aquí. El plexo se me ha endurecido, soy toda plexo.
¿Qué me gusta del hombre?
Rita ha parado de hablar y me mira, yo tengo que hablar y me quedo mirándola.
Prendo un cigarrillo y le digo:
Sí, Rita, es terrible.
Y Rita me contesta:
¿Te das cuenta que es un forro?
Y yo le digo:
Pero si vos sabés que con Manuel es así.
Y ella me dice:
¿Qué Manuel? ¿Qué Manuel? Yo estoy hablando de Jaime.
Y yo no, le respondo.
A lo que Rita me mira inteligentemente desde sus escasos dieciocho y me dice:
O vos fumaste porro o estás enamorada.
Y, usando un término que parece ser netamente entrerriano, y que puede significar andar al pedo, hablar al pedo, hablar mal de alguien, no estar haciendo nada y /o estar haciendo cosas terribles o todo en particular o nada en general, agrega;
Últimamente vos andás siempre hediendo a perro mojado.

...tengo miedo de decirle esto, porque me da miedo que él tenga miedo de que si le digo esto le esté exigiendo algo, y como él tiene miedo de entregarse a lo que le pasa me da miedo que si le digo esto me tenga miedo y esta relación se pudra por miedo. Me da miedo ir a comprar la comida, por los precios, me da miedo el falcon verde ese, me da miedo volver sola de noche por si me asaltan o por si intentan violarme como aquella vez, o por los falcon, me da miedo decir que no, me da miedo llegar tarde al trabajo o al ensayo, me da miedo que suene el timbre a una hora tardía, me da miedo llorar sola aunque

más miedo me da acompañada, me da miedo que Paulino no haya entendido lo que quise decir el otro día y se haya ofendido y me da miedo que tenga miedo de decirme que está ofendido y me da miedo, miedo y miedo, no puedo evitarlo, me da miedo...

Ya no son los perros los que husmean los cordones, sino las personas. No se puede pensar siquiera en salir a la calle en estos días. Vivís llevándote gente por delante. Tengo la sensación no tan loca de que todo el mundo anda mirando para abajo a ver si encuentra un billete.

Hace un mes, en Constitución, en la hora pico, cruzando la plaza, un hombre desnudo con zapatillas deportivas como único accesorio, se meaba al tiempo que cometía infracción con la luz que no le permitía cruzar como peatón. Los autos y colectivos frenaban y de la larga hilera de coches de alquiler que estaban a la espera de pasajeros los hombres comenzaron a sacar la cabeza por la ventanilla y a burlarse de él.

Era la hora pico. La hora en que los bienaventurados que tienen trabajo se cruzan entre sí y un millón de almas se llevan por delante y corren subiéndose a trenes y colectivos y bajando de ellos.

La ciudad está disfrazada, pero en este instante queda al desnudo delante de tus ojos, si lo ves al tipo.

Tengo una sensación de ahogo. Busco la Torre de los Ingleses con la mirada y me doy cuenta al rato largo que no estoy en Retiro.

Yo iba a Retiro. Me equivoqué de entrada en el subte.

Tuve que venir hasta acá para ver la ciudad desnuda.

En bolas y sin documentos.

Ah, mi Shá de Pérsica. No tenías forma, ni tenías nombre. Y los fuiste cambiando a través de años incontables, Shá de Pérsica. Y fuiste la angustiosa sensación de ¿Será éste?. Casi siempre, fuiste la empalagosa certeza de "este Tampoco Es", que me asaltaba de repente en medio de la palabra dicha a destiempo, una mano que se cerraba pronto. Un olor, un aroma, una brisa, un poema que no se entendió.

Cuando no entiendan nada más, recurran a la poesía, dijo Lacan, me dice ella, desde su altura de mujer sabia.

No sé si Lacan dijo eso, le contesto, por pelear, nada más.
O algo parecido, dice ella, sacando un libro de poemas de su cartera.
Lee:
> *Me acerco y no veo ninguna ventana.*
> *Me alejo*
> *y no siento lo que me persigue.*
> *Mi sombra*
> *es la sombra de un saco de harina.*
> *No viene a abrazarse con mi cuerpo,*
> *ni logro quitármela como una capota.*
> *Es la tríada del colchón,*
> *la marea y la noche.*
> *Siento que nado dormido*
> *dentro de un tonel de vino.*
> *Nado con las dos manos amarradas.*♣

Así estás, me dice ella. *Así te vemos.*

Señora, usted la está viendo, los dos la vemos.
Tiene razón el tipo, la canilla no deja salir ni aire, ni humedad, ni agua, ni nada.
No puede ser, le digo al tipo, créame que no puede ser. Hace como nueve meses que estoy así. Primero el lavarropas, lo hago arreglar y me dicen que solamente estaba desregulado y a la semana fica morto. Ahora el calefón, claro que una cosa es el diafragma y otra que me salgan con que voy a tener que estar no sé cuanto tiempo sin agua caliente en la cocina. En el medio de todo esto se me perchó el equipo de música, limpieza y calibrado, que es un toco, ahora la disquetera de la PC, no puedo backapear, y eso no es nada, una noche me destellaba el televisor con pequeños ruiditos, tiqui, tiqui, tiqui, casi me ataco, no no, pensaba, algo anda mal en mí, yo entré en corto, ahora tampoco voy a poder mirar tele, pero después al final no pasó nada, sin contar con que una noche Manuel se dedicó a limpiarme la video y me olvidé cómo lo hizo, y me parece que el cabezal está sucio, o los dos cabezales, no sé.

♣ Este es un poenma perteneciente a José Lezama Lima.

Sigo diciéndole todo esto al tipo y mi voz altisonante y mi desesperación creciente lo deben estar alarmando, me doy cuenta de que se siente incómodo, y yo me estoy pareciendo a Diane Keaton en una película cuyo nombre no recuerdo y casi me parece que también estoy a punto de ponerme a llorar o dar saltos y decirle además hace como dos meses que no tengo sexo.
El tipo, cuando me callo, responde, después de una breve pausa:
Son cincuenta pesos, señora, si tiene cambio se lo agradezco.

Pero eso sí, Shá, siempre fuiste talentoso. Y loco.

Ella volvió a entrar en circulación. Es difícil de explicar. Pero de pronto sus muslos son de manteca, de tan suaves, y también son de manteca congelada, de tan duros. Ella se siente sexi como el satén color manteca, y el chico le pasa una mano por la nuca y es Piscis. Se siente perdida.
No es oportuno que el chico la toque de esa manera, pero tampoco es propio seguir contando lo que le sucede.
El chico no es tan chico, al fin y al cabo tiene más de treinta. Pero está con una chica joven, una nena, y no puede dejar de mirar hacia donde está ella, mejor dicho donde estén los ojos de ella, que ha vuelto a entrar en circulación.
¿Y cómo explicar?
A saber: las hormonas de una mujer que ha vuelto a entrar en circulación son muy difíciles de presentar en sociedad. Son transgresoras, provocativas, urticantes. Cuando una mujer es ya toda una mujer y ha sido amada como corresponde, eso la transciende y transciende su voluntad.
La mujer es casi capaz de lograr todo, sin mover un dedo, sólo *siendo*. Por primera vez siente ese poder. Cruza las piernas y bebe lentamente, se levanta para ir hacia la mesa de fiambres, y se lleva los ojos claros pegados en la espalda, y mientras se sirve esos fideos con aceitunas y roba una metiéndosela en la boca, los ojos claros se pegan un paseo por su espalda y su cintura y ella los deja pasear, porque le gusta. Va a tardar un poco en volver a la mesa. Ese muchacho es Piscis.

Ahora, ese otro demonio no tan pequeño, deja que los ojos claros se vayan por la espalda de la mujer y con ella hasta la mesa de fiambres.

La mujer tenía seis pesos en la cartera y ahora tiene dos, pero está invitada a cenar. Y el muchacho la mira y la desea, y no puede evitar que se le note.
Empero, nadie alrededor, ni siquiera la nena que lo acompaña, parece notarlo. Él cree, además, que nadie lo nota. Él cree que sólo la mujer lo percibe, y a veces duda. Porque, al fin y al cabo, ¿qué hace él de extraño?
Nada.
Sólo acomodar la mano de manera que roce el hombro de la mujer y mirarla fijamente.
Tocar su nuca con más fuerza que de costumbre al saludarla.
Apoyarle unos dedos tibios en el hueco del cuello.

En la mesa de los fiambres, la mujer se acomoda la pollera, se inspecciona como al descuido las medias y siente que podría decir con exactitud en qué lugar de su cuerpo se posan ahora los ojos claros.
No va a volver por un rato a sentarse, porque ésta es una sensación nueva. Le gusta. Saber dónde están los ojos de otro, sin siquiera mirarlo.
Ella siente que Piscis la rodea como un inmenso lago.
Acá están todas sus hormonas disponibles.
Allá, *(allá)*, Piscis.

Fue para acá y fue para allá. No me entendés no me entendés. No me saca los ojos de encima. El pequeño demonio también era de Piscis. La alfombra lastimó mi espalda. Pero el otro, el ángel del demonio, también era de Piscis. Disculpame que se me salió el sombrero antes de llegar. Estoy muy mal acostumbrada, y me pongo nerviosa cuando se me sale el sombrero. Ni un pelo fuera de lugar, manos impecables y los hombros no están nada mal. ¿No es acuciante esa música?. Tené a bien cambiarla y poner García. Carlos. Carlitos García. Él es Escorpio. Él cree que es Escorpio, pero yo sé que es Libra. Tendría que hacerme ver los ojos porque de tanto llorar se han irritado. Hace hoy diez meses, cuatro días y tres horas que lloro sin parar. Por eso adelgacé y el hombre no me mira con buenos ojos. Me da la sensación de que el llanto es una marca en el orillo, una terminación a mano de la persona, que si se llora, quiere decir que se está bien terminada. ¿Se entiende? No. No se entiende. Es que el champagne se mezcla con agua y todo sale mal, se pierden las bur-

bujas. Palabra que ya fue dicha y bebida. Dicen que es bueno tener la botella a mano en un balde con hielo. Si alguno de ustedes se dignara servirme un poco, yo estaría mejor. Atención. Tomé un colectivo decidida a no volver nunca más a Ezeiza, a menos que la que partiera fuera yo. Pero él se dio vuelta para fijamente mirarme en el auto, mientras yo le repetía que las palabras necesarias no existen. Dicen que el otro anduvo meses por ahí, arrastrando una sensación extraña de que había sido burlado por todos. Bien merecido se lo tiene, la vida ya sé que no es fácil. Hacete de abajo, hacete de abajo. Era una cosa que él siempre repetía, no él, ni el pequeño demonio, ni el ángel exterminador, ni el demonio no tan joven, ni el hombre, ni el que no supo. Él, mi maestro, repetía hacete de abajo. Cuando yo mando un anónimo lo firmo. Eso también decía mi maestro. Tengo la mano extendida en el aire pero no llega nada. De tanto tener la mano extendida en el aire, se me formó un coágulo doloroso en la palma, una tensión insoportable. El médico lo llamó síndrome de las manos vacías. Es por eso que estoy acá en tu living. Y yo estaba en un prado. Es por eso. De tanto mirarme en pedazos de espejo subí a la terraza a mirarme en el sol, entera, y acá estoy. No me dejes salir. Ir allá afuera es un verdadero riesgo, una masacre. Se empujan unos a otros y las mujeres ya no son mujeres. No. No sé cómo decirlo. Pero sabrás seguro que cuando el llanto arrecia es mejor dejarlo salir, porque sino crece como una babosa en la garganta y te ahoga. Eso le pasó a muchas personas que lo ignoran. No saben por qué están parados frente al sol y no se ven. No hacen sombra. No ocupan un espacio real. No, no se entiende. No van haciendo sombra. No tienen nada atrás que los sustente y no hay un futuro que los aliente. Parados frente al sol no se ven. No hacen sombra ni atrás ni adelante. Por eso estoy acá. En este living, y yo estaba en un prado...

Yo pienso que lo peor que una mujer puede hacer con un hombre es decirle que no quiere casarse. Se supone que lo primero que queremos es eso y que los tipos se la pasan huyendo. Sin embargo hay cada vez más tipos casados. Y, en lugar de separarse, los tipos, si son infelices, eligen una doble vida, ser infieles, un buen acuerdo, cualquier cosa. Pero siempre pienso que lo peor es decir que una no quiere casarse. Dado que esto es lo que se espera de una. Que anhele el cintillo, la libreta, la tarjeta de crédito y el control de la braqueta. Usarlo, explotarlo, dejarse mantener. Parece que están más seguros con eso, aunque se quejen de que *ella* quiere casarse. Porque cuando una mujer no quiere casarse, el peligro aumenta. Se convierte en un laberinto a descifrar: es que si ella no quiere todas esas ventajas, ese vampirismo, *¿qué quiere?*

"Yo sólo quiero amor baby..." Esa, ¿no la tenés?. Es de García por García. Carlitos. Él es de Escorpio, pobrecito. ¿O es Libra? Ah, mi Shá de Pérsica, es noche y hace frío. Me he mirado en tus espejos que nunca devolvieron una imagen entera. A veces, te perdiste para siempre. Otras veces, algunos de tus trozos quedaron esperando en el vacío y de noche me acechan y me buscan. ¿Qué habrá sido -pregunto- del espejo Rodolfo, de aquel detalle-Enrique, de Alfredo-los añicos? ¿Me recuerdan, me ríen, se preguntan a veces? Las cosas inconclusas. Las palabras no dichas como esta: ayudame. Cuántas veces no dije ayudame. Cuántas veces lo estoy diciendo ahora. Me revuelco en el prado, me como una frutilla y me mancho los muslos de manteca. No sale la frutilla. Sí sale, es fruta de estación. Mis muslos no soportan lavandina.
No me mires fijamente, no seas de Piscis, yo soy un Tigre de Metal, no viajo en subterráneo, me afilo los colmillos y exhalo un halo de luz impresionante. Caigo por el precipicio, caigo... Ayudame.

¿Por qué no me tomas en tus brazos y me sacas de este lugar solitario?
Eso pienso mientras estoy en el colectivo 168, tantos años después, y no sé adónde voy. Tomé el colectivo instintivamente, tres horas después de recibir la noticia. Y a esta altura estoy en Mataderos.
Y yo iba a la Avenida Corrientes. Esquina Callao.
Cuando el teléfono te despierta un domingo en que vos te acostaste a las cuatro y media de la mañana, y por el contestador sentís la voz de una mujer que urge en su llamado, que urge en su premura, y vos salís del sueño lentamente y empezás a escuchar algo así como *"atendeme pero quedate tranquila"*, es el momento de levantarte y decidir que el domingo empieza mal.

Ahora es el momento de rezar. Ahora es el momento de salir a la calle, pero resulta que estoy en tu living. Era joven, él era joven y ahora ya no vive. Me quedé mirando fijamente un montón de piedritas que me había regalado, que estaban junto al teléfono. Hace muchos años... no importa. No voy a seguir hablando. Me niego. Bebo y callo, porque las palabras necesarias no existen. Tomé un colectivo y aparecí en la terraza, buscando el sol. Quiero decir que es necesario que alguien me sujete. ¿Tendrías un alfiler de sombrero? Tráemelo junto con el hilo celeste bebé. Ella está sentada frente a mí, contándome las perrerías que le hizo el tipo, y no sabe que me las hizo a mí también. Durante un tiempo, simultáneamente, mientras yo atravesaba un prado inglés. Qué tontería, qué verdadera tontería. Esa mujer dice que no quiere repetir el discurso remanido acerca de los hombres. No, no quiero champagne, quiero finalmente verme entera. Podría tranquilamente ver mi cara reflejada en un barrilete que él remontó hace muchos años, y es como si lo estuviera viendo. ¿Adónde va la gente cuando muere tanto tiempo antes de tiempo?

Ahora acabo de hacer un descubrimiento. Que es el siguiente. Para mis gatos la casa es un inmenso rascadero: muebles de pinotea o de roble lavado, carteras de goma, de cuero, de gamuza; ando todo el día colgando en lo alto de las puertas los abrigos de los invitados para que no se los rasquen. Y tienen razón, claro que tienen razón. Ellos lo único que vinieron a hacer al mundo es a encontrar gente que los disfrute (*"Dios creó al gato para darnos a los humanos la ilusión de poder estar acariciando una pantera"*, o algo parecido a esto decía Rilke o no sé), y para rascarse las uñas en todos lados, y para trepar y andar en libre albedrío.
El descubrimiento vendría a ser el mismo conocimiento que tenía desde siempre, pero hoy lo *viví* realmente como un descubrimiento importante:
Los gatos no son del amo.
Ni tampoco –siquiera- **son** *del territorio.*
Los gatos **poseen** *al territorio.*
Será por eso que me gustan tanto.

Entrá en mí, entrá en mí.
No me importa nada ahora.
Ahora, dejame que te trepe, que te coma, que me entres.
Más.
Más que no me alcanza, le dije.
Se debe haber asustado. Pero no me alcanzaba. Por más que entre en mí, no me alcanza. Porque miento, miento como una perra.

Miento, pero nunca engaño. No es mi objetivo, al menos.

Contradictorio. No se deje llevar por el afán de censura y entrá, entrá en mí. De atrás, en cuatro patas, de costado, adelante atrás y en el medio. Así como solamente vos entrás, tan adentro, con tantas ganas y con ganas de no decir una frase completa mientras porque. Tenés miedo porque no me alcanza y hacés bien.
Soy viciosa.
De los adictos
        y creo adicción.
Querías mi sangre y no viste mis venas le dije y

Cuidate, es el término que ella utiliza. No. Es el término que todos utilizan. Cuidarse equivale a estar alerta. "Estate alerta". ¿Qué otra cosa hago yo, las 24 horas del día, sino estarlo?. Te cojen con la bombacha puesta, te violan los derechos y también las necesidades. Y además hay que estar alerta. Estoy alerta. Alerta ante los aflojes y los repuntes de energía. Alerta para dormirme a tiempo y alerta para hacerlo pensando en no quedarme dormida, alerta para levantarme antes de conciliar el sueño o buscar un autoadhesivo para pegarlo en el velador y recordar que tengo que comprar una pizarra y poner un anotador al lado de la cama y escribir apresuradamente *Bomb.lav, progr. Susana, marc llamar por cita, hijuela, clases recordar anec. del '63 aquel día.* Alerta para volver a conciliar el sueño del que me sacó estar alerta para hacer la anotación. Alerta para no olvidar y poder dormirme y alerta al despertar, alerta al reloj, alerta a los gatos, alerta al remise, alerta a la hora de citación, alerta a la letra. Al estado de ánimo de los que merodean más cercanamente, alerta a que no me agarren con la bombacha baja y alerta a bajármela a cada rato por los benditos y realmente recomendables por los menos dos litros de agua diarios, alerta a los olvidos y alerta cómo no ante los recuerdos y alerta ante la hipoteca, la moratoria, la luz, el gas y los impuestos, alerta a la comida de los gatos y alerta al vencimiento de tarjeta y alerta ante los ofrecimientos y los halagos, ante la depreciación de mi figura y el consiguiente alza. O viceversa. Alerta ante los ataques de soberbia de los otros y alerta ante los arranques de omnipotencia en mí. Alerta para mantener el equilibrio. Alerta ante el pasado que vuelve, alerta ante el presente y alerta para no boicotear el futuro y alerta

ante el miedo y las inseguridades y ante el pánico y alerta al hombre que me inspire algo, porque también hay que estar atenta alerta atentísima frente a las hormonas, y entonces hay que estar alertas para aceptarlas funcionando a pleno, y diciéndole al miedo que te invade y te ocupa toda, "gracias por alertarme pero estoy bien así" y cuando el miedo se va, estás alerta para que no vuelva cuando pasa algo raro. Aunque vos sos la rara, como ya te dijeron alguna vez "no tenés hijos, no te casaste, te mantenés sola, a vos te apasiona el trabajo todo el tiempo, vos sos muy rara, cuidate". Es que una mujer sin hombre no existe, no vale nada, y a la vez vale mucho y por ambas razones es sospechosa de estar sola. Yo no estoy sola, no estamos solas. No somos sospechosas, y no conozco mujeres sospechosas ni sospechantes, pero sí sospechadas, y por eso mismo, alertas. Hasta el cansancio alertas. Y harta de estar alerta ya me alerté, pero en algún momento me desalerté.
No sé si es que vi una sonrisa, o iba cantando, o me trataron bien, me desalerté por algo grato, eso es seguro. O me desalerté porque no soy mujer de querer andar todo el tiempo alerta por ahí.

Me desalerté.

¿Viste cuando sentís un reparo, un miedito, un chucho y no le hacés caso, o pensás que te equivocaste, que qué tonta, que no era luz amarilla, que te pareció, que está todo verde, que está todo el paso libre, que podés cruzar?
¿Nunca te pasó darte cuenta de lo contrario cuando ya estabas en el medio de la Nueve de Julio, por ejemplo?
Y en esos segundos lúcidos que preceden a todo hecho fatal, ¿no te das cuenta de todo?
Así me pasó a mí, cuando me desalerté, cuando noté que se venía un camión lleno de hielo. **Ahí**, recién **ahí**, me di cuenta de que yo había estado alerta, que yo había visto la luz amarilla y que quizás, desalertada por una sonrisa, crucé igual.
Y el camión está lleno de hielo y se viene y finalmente se descarga sobre mí, como una lluvia helada. Alguien me descarga una lluvia helada y mientras yo sonrío y trato de parecer elegante, estoy pasmada y herida de muerte en el plexo solar, que se siente aterido. Y me doy

cuenta de que, de tanto estar alertada, si la vida quiere, te desalerta. Entonces, ¿para qué estar todos todo el tiempo instándose a estar alertas?
Si una no puede, aunque quiera, dejar de estar alerta.

Yo estoy alerta.

Y exhalo un halo de luz impresionante.